2
あずみ朔也
[illust] へいろー
新婚貴族、
Shinkon kizoku junai de saikyou desu
純愛で最強です

「いいや私だ！　私が勝つ！」
ベルファ・ファゴット

シルファ・ファゴット
「次！　次こそはお姉ちゃんが勝つもん！」

「すいません、アルフォンス。
わたし、海を楽しみにしていたくせに、
自分がカナヅチだってことすら知らなくて……」
恥ずかしげにフレーチカは言った。

その言葉を耳にするや否や、アルフォンスはフレーチカを左腕で抱きかかえ、
雪と氷に覆われた道を、足を滑らせながらも全力で駆け抜け、
ジークフリートへと肉薄。同時に、思い切り振りかぶった右の拳で、
ジークフリートの顔面を真正面から全力で殴り飛ばした。
「アルフォンス」

「違うだろうがァアア
アァアアァッ」

Contents

✦ チェキララ・ヘッケルフォーン

アルフォンスの元婚約者。
王国軍中央情報局・特別結婚相談室の室長。
ファゴット家新婚旅行の裏で暗躍する。
口癖は「ナイスカップリングですわ!」

新婚貴族、
純愛で最強です 2

あずみ朔也

GA文庫

カバー・口絵・本文イラスト
へいろー

序章　ハネムーンとアネムーン

蟹《かに》が走っている。

小さな蟹が沢辺を走り回るような、よくある光景ではない。尋常ではない大きさの巨蟹が、これまた尋常ではない速度で、猛然と街道を爆走しているのだ。

多脚にもかかわらず器用な足運びで、スムーズな快走を見せている。今は横向きに走っているが曲がり道で方向転換する際は、体を正面にしての縦移動も披露していた。

その蟹が何者であるかと問われれば、王国辺境に位置するファゴット湖に住む、かの伝説のジャイアントクラブである。

蟹は片方の鋏《はさみ》に鋼鉄製の頑丈な鎖を摑《つか》んでおり、鎖は後方のキャリッジに繋《つな》がっている。

本来は馬車として馬に牽《ひ》かせるための四輪キャリッジだが、何故《なぜ》かモンスターである巨蟹が牽引《けんいん》していた。蟹の怪物に牽かれる威容は最早《もはや》、馬車と呼ぶよりチャリオットと呼んだほうが相応《ふさわ》しいだろう。

鎖を手綱のように握る、歴戦の戦士を思わせる強面《こわもて》の執事。彼が座る御者台の後方、ファゴット家の家紋が彫金されたキャリッジの中には、複数人の貴族たちの姿が窺《うかが》える。

Shinkon kizoku
junai de
saikyou desu

馬車を牽く馬すら用意できない財政状況でも、貴族は貴族だ。

そのうちの一名は、無論、誰《だれ》あろうアルフォンス・ファゴットである。

アルフォンスが、かつて撃退したジャイアントクラブを起用してまで長距離行軍しているのには理由がある。

「楽しみですね、ハネムーン」

アルフォンスの隣に座る黒髪の新妻、フレーチカが嬉《うれ》しげにほほえんだ。そう。移動手段にロマンチックさの欠片《かけら》もないが、これは新婚旅行であった。


——新婚ほやほや夫婦の最大の楽しみと言えば、やはりハネムーンである。


周辺諸国との関係がほどほどに安定し交通網も整備された現在の王国では、国の繁栄の恩恵に与っている貴族たちが新婚旅行に出かける機会は多く、それはファゴット家のような田舎貴族でも変わらない。

次期当主アルフォンスは、結婚したばかりのフレーチカとの新婚旅行を、それはもう楽しみにしていた。

夫婦水入らず、二人っきりのイチャイチャラブラブ旅行だ。当然だろう。

が、しかし。

「アルくん、フレーチカちゃん、リゾート楽しみだね！」

「姉が決めた旅行先に抜かりはない。最高のハネムーンを約束しよう」

何故《なぜ》か、姉同伴であった。

アルフォンスとフレーチカの向かいに座るのは、目も覚めるような赤髪の美女二名。アルフォンスの姉であるシルファとベルファだ。

「……あのさ」

弟夫婦の新婚旅行に同行する姉たちに向け、アルフォンスは口を開く。

「……なんでおれとフレーチカの新婚旅行に、姉さんたちまで付いて来てるの？」

当然と言えば当然の疑問だったが、姉たちは悪びれた様子もなく顔を見合わせる。

「えー！　だってお姉ちゃん三回も結婚したのに一度もハネムーン行けてなかったんだもん！　絶対行きたーい！」

「私も、夫が病弱で遠出とは無縁だったからな。良い機会だ」

二人の返答に頭を抱えるしかないアルフォンス。

「あ、あの、わたしは家族旅行みたいで良いと思いますよ？　家族旅行もしたことがなかったので、賑《にぎ》やかなのは嬉しいですし、とっても楽しみです！」

その隣でフレーチカが心底嬉しげに言った。フォローの意味もあるのだろうが、紛れもなく本音でもあるのだろう。

「うちの妻が優しすぎる……。でもねフレーチカ、家族旅行に行きたいならそれは二人っきりの新婚旅行の後にまた別の機会に行けばいいからね？」

だが、良妻の気遣いも空《むな》しく、アルフォンスの暗澹《あんたん》たる面持ちは変わらない。

「それに比べて姉さんたちはさぁ……。普通、弟のハネムーンにまで出しゃばる？」

「お姉ちゃんたちは普通のお姉ちゃんじゃないもん。最高のお姉ちゃんだもん」

「意見が合ったなシルファ。そのとおり、我々は特別であり別格の姉だ。世間一般の物差しで測ろうと言うのが間違いなのだ」

恨みがましく文句を言うアルフォンスだったが、シルファとベルファはまったく気にした素振りもなく、弟の愚痴を一蹴した。

「だいたい、旅行先の選定も、予算の都合をつけたのも、リゾートでの宿泊予約も、移動手段を確保したのも、全《すべ》て姉のおかげだろう。文句があるなら、自分一人の力でフレーチカに最高の旅をプレゼントしてみせろと言うのだ、愚弟」

「そうそう。お姉ちゃんが蟹さんの鋏を回復魔法で再生してあげたから、お礼に蟹さんが馬車馬の代わりになってくれたんだよ？」

今回の旅行の段取りを決めたベルファの言葉に追随するように、シルファが自慢げに言った。

実際、ベルファの要領の良さのおかげで旅行計画は最短最速で実現できたし、ファゴット湖の主であるジャイアントクラブを手懐《てなず》けられたのはシルファのおかげだった。

本来、主だった王国貴族は自前のペガサスを用いた天馬車を移動手段にしている。が、金欠のファゴット家にペガサスを買う余裕はなく、ジャイアントクラブがいなければ新婚旅行は近場で済ませるしかなかったのは事実。とはいえアルフォンスにも反論はある。

「確かに、シルファ姉さんがいないと長距離の移動は出来なかったし、ベルファ姉さんの手際の良さがなかったら、こんなに早くハネムーンに出かけるのも無理だった。でも、おれが旅行のプランを考える前に姉さんたちが全部決めたんじゃないか！」

叫ぶアルフォンスの隣で、フレーチカがおっとりとほほえむ。

「なら、きっと良い旅行になりますね。わたしとアルフォンスの結婚もお姉さまたちが取り持ってくださったものですし」

姉たちが決めた縁談も良い結婚になったのだから、今回の旅行も良い旅行になるという弁だ。この健気《けなげ》な言葉にはアルフォンスも涙腺が緩む。

「フレーチカが本当に出来たお嫁さん過ぎる……王国中に悪妻の呼び名を轟《とどろ》かせた姉さんたちとは雲泥の差だ……」

「ぶー。アルくんたら一言多い。お姉ちゃんバツ三なだけだもん」

「私とて、王家にのみ伝わるドラゴンブラッドを結果的に持ち逃げしてしまったから悪妻呼ばわりされているだけで、亡き夫にこれ以上ないほど尽くしたぞ」

不満そうに口を尖《とが》らせるシルファとベルファ。

結婚を機に一度は家を出た二人だが、目覚めたホーリーギフトの能力があまりにも常識外れだったため、今も実家に出戻りしているのが現状だ。

長女、シルファ・ファゴット。ギフトは『略奪』。

次女、ベルファ・ファゴット。ギフトは『死がふたりを別《わか》つとも』。

長男、アルフォンス・ファゴット。ギフトは『愛の力』。

そして長男の花嫁、フレーチカ・ファゴット。ギフトは『秘密の花園』。

フレーチカのギフトは、伴侶となった夫に秘密を作れば作るほど強くなれるという、まるで不貞を前提にしたようなこれまた問題の多い力だが、フレーチカはアルフォンスに対して嘘《うそ》をつかず隠し事もしないと誓いを立てているため、彼女が浮気《うわき》を重ねて最強に至り王国に波乱をもたらす心配は現状誰もしていない。

ただ、ファゴット家が抱える最大の問題が別にある。

フレーチカは、千年前に存在した美食竜エイギュイユの転生体であり、人間としての自我と邪竜《じゃりゅう》としての自我を一つの魂に内包しているのだ。

王国内でも表沙汰にはなっていないが、先日ファゴット家の活躍により、王族を根絶やしにすべく復活を遂げたエイギュイユをフレーチカの魂の中に封じることが出来た。

だがその封印は、一時的なものに過ぎない。

もしフレーチカがアルフォンスに黙って不貞を働こうものなら、秘密を糧に力を取り戻したエイギュイユが再び復活するだろう。

唯一エイギュイユに対抗しうるアルフォンスの『愛の力』も、伴侶を愛し抜かなければ力を発揮できないため、二人の夫婦関係の破局は王国の滅亡に直結する。

アルフォンスとフレーチカの夫婦生活の行く末に、王国の未来がかかっていると言っても過言ではないのだ。

「そうなんだよなぁ……」

深々とため息をつくアルフォンス。

姉たちの強引《ごういん》な同伴を断りきれない理由も、そこにあった。

旅先で万一エイギュイユが復活する事態になった際、自分一人の力で解決することが出来るかどうか不安なのだ。先日の戦いも、シルファとベルファの助力と加勢がなければアルフォンスにはエイギュイユを打ち負かして妻を救うことなど不可能だった。

少なくとも彼はそう痛感している。

「だから、もしものときのことを考えれば、姉さんたちにハネムーンに付いて来てもらうのは、まったく間違った選択じゃないんだよなぁ……」

姉離れできない自分を情けなく思いつつも、エイギュイユがいつ復活してもおかしくない現状、自分の力だけでは愛する妻を守りきれないかもしれないという不安がアルフォンスに重く圧《お》し掛かっていた。

「どうかしました、あなた？」

頭を抱えてぶつぶつ呟《つぶや》くアルフォンスへと、心配そうに視線を投げかけるフレーチカ。

「もしかして馬車酔いですか？」

「ううん、なんでもない。心配してくれてありがとう、フレーチカ」

アルフォンスは、最愛の妻のために姉二人の同伴を認めざるを得ないのだと自分を納得させ、ぎこちないながらも笑顔を作った。

「ふふ」

そんなアルフォンスの手を、不意にフレーチカの手が優しく包み込む。

もちろん、騒ぐ姉たちにバレないよう、こっそりと。

「え、フレーチカ……？」

「しー」

戸惑うアルフォンスの傍《かたわ》ら、フレーチカは空いた手の人差し指を軽く自分の唇にあて、小さくはにかんだ。

頬《ほお》を赤らめたアルフォンスとフレーチカは、姉たちの視線の死角に隠した手をぎゅっと握り締め、指と指を絡《から》み合《あ》わせたまま、幸せそうに馬車に揺られる。

「皆様、見えて参りました」

そのとき、御者を務める執事のシックスから声がかかる。

途端《とたん》、まず真っ先にシルファがキャリッジの窓から身を乗り出す。

「ほんとだー！　みんな見て見て、水晶海岸が見えてきたよ！」

はしゃぐシルファが指差した先、爆走するジャイアントクラブが目指す向こうには、ともに宝石のように煌《きら》めく群青の南海と真っ白な砂浜が広がっていた。

——水晶海岸。別名、クリスタルリゾート。

王国の最南端に位置するこの地は、かつて千年前、人類を滅ぼさんとしたドラゴンの一匹、『宝石竜』と謳《うた》われたユーヴェリアの住処《すみか》であった。

ユーヴェリアは海竜に属し、絶対零度のブレスを放ち、美しさを何より好み、多くの魔法の宝石を生み出し、人間たちを結晶に封じて殺した竜として伝承に残されている。

全ての同族を食い尽くそうとする美食竜エイギュイユと、彼女に率いられた人間の戦士たちに討ち果たされ、宝石竜ユーヴェリアは息絶えた。

それから千年。

ユーヴェリアが魔法で生み出した様々な宝石が煌めく水晶海岸は今や、海底から打ち上げられ続ける宝石を資源として観光地化されており、南国の楽園として栄え商業港としても賑わい、王国のみならず周辺諸国からも多くの貴族たちが訪れている。

さらに魔法の宝石を建材に用いて造られた観光都市は、青と白の二色に塗り分けられた海岸の景色から一転、宝石箱をひっくり返したようにカラフルで煌びやかな景観を誇る。

今は亡き宝石竜ユーヴェリアは、ダイヤモンドやルビーやサファイアの鱗《うろこ》で全身が覆《おお》われ、不規則な斑《まだら》模様の極彩色を持つ美しい竜だったと伝えられている。その姿を投影させるように様々な色の建築物をアトランダムに配置したのがクリスタルリゾートの都市部だ。

この豪華絢爛《ごうかけんらん》極まる無作為な宝石の街並みが、昼間は降《ふ》り注《そそ》ぐ太陽の光を浴びて輝き、夜間は月明かりに照らされる。幻想的な観光スポットを街中にいくつも内包し、リゾートビーチやカジノも備えているとなれば、当然ハネムーン先として大人気にならないはずがない。

「遊ぶぞー！　泳ぐぞー！　肌焼くぞー！　あははー！」

無邪気に笑いながら大はしゃぎするシルファ。彼女だけでなく、ベルファも、そして最愛の夫との新婚旅行に期待を膨らませたフレーチカも、騒がないだけで皆一様に上機嫌だ。

「楽しくなりそうですね、アルフォンス」

今もこっそり手を繋いだままのフレーチカが、アルフォンスに向けてにっこりほほえんだ。

「ヘンなことに巻き込まれなければいいけど……」

唯一アルフォンスだけが今も不安そうな面持ちで、遠方に見えてきたクリスタルリゾートの街並みへと目を向けていた。

港には周辺諸国のものと思《おぼ》しき何隻もの豪華客船が停泊し、空からも多くのリッチな天馬車がリゾートを目指す中、場違いにも程がある田舎貴族の巨蟹のチャリオットは、こうして無事に目的地へと到着した。

第一章 伯爵令嬢、かく語りき

Shinkon kizoku junai de saikyou desu

「申し訳ありませんが、ジャイアントクラブの立ち入りは許可できません……」

念願のクリスタルリゾートに到着したファゴット家一行だったが、門前の入域管理で引っ掛かっていた。

「だってモンスターじゃないですか。ここは王国有数のリゾート地で、国内だけでなく周辺諸国からも上流貴族の方々がお越しになっています。モンスターが暴《あば》れてもしものことがあったらどうするんですか……国際問題になってしまいますよ……」

管理官の言い分はもっともだ。

だが、この程度の正論で引き下がるようなら、アルフォンスの姉たちは毒婦だの魔女だの言われていない。

管理官に対し、歴戦のクレーマーの如《ごと》く反論の口火を切ったのはベルファだ。

「ほう？　だが、私の記憶が確かなら、確かペガサスもモンスターに分類されていたはずだが、他家のペガサスは立ち入りが許されて、我がファゴット家のジャイアントクラブがモンスターであるという理由だけで追い返される道理はないと思うぞ」

「ですがペガサスはその……」

「暴れないとでも言うつもりか？　私の記憶が確かならば、調教された貴族預かりのペガサスでも、年に数件は暴走事故を起こしていたはずだが？」

ベルファは切れ長の瞳《ひとみ》を細め、たじろぐ管理官に詰め寄る。

「で、でもですね、要は魔法でテイムされているようなもので、いつ呪文が解除されて人間に危害を加えてもおかしくはないんですよね……？」

「これは異なことを言う。貴君はファゴット家におけるジャイアントクラブの管理体制がなっていないとクレームをつけておられるのか？」

「い、いえ、それは滅相もない……」

没落寸前の田舎貴族とはいえ、ファゴット家も貴族は貴族。曲がりなりにも庶民から見れば立派な上級身分だ。管理官としても、強気に突っぱねることは出来ない。

「それともいっそ、この場で野に放ってしまったほうがよろしいか？　それこそ水晶海岸にモンスターを解き放つようで気が引けるのだが、貴君の決定が絶対であるのならば我々もそれに従うしかあるまい」

「そ、そんなぁ……」

怯《ひる》む管理官に対し、ベルファはここぞとばかりに好機を見逃さず畳み掛ける。弁の立つ姉であった。

「無論、我々も万一の事態に備え、警備をそちらに丸投げするつもりはない」

「そーそー。よろしくね、シックスちゃん」

待機している巨蟹の頭を撫《な》でていたシルファが、満面の笑みを御者台の執事へと向けた。

「……私ですか？」

「そー。もしものことが起きたときのために、つきっきりで蟹さんの面倒見といてね。お姉ちゃんたちは街の中でリゾート満喫してるから」

絶句するシックスだったが、ファゴット家の執事として雇われて月日も浅いとはいえ、シルファの決定が絶対であることは彼も身に染みて理解している。

ベルファァと管理官の交渉も決着し、結果、街の外——そこそこ距離の離れた目立たない入り江に係留されることになったジャイアントクラブだったが、シックスはそんな巨蟹の警備と監視を命じられてしまった。

とどのつまり、リゾートの中心地である街中には彼も入れないということだ。

「はい。こんなこともあろうかと思って持って来ておいた野宿用のテントセット。えへへー、お姉ちゃん気が利《き》くでしょ？　じゃ、後よろしくねー」

哀れシックスは、テントセットを無理矢理手渡され、ジャイアントクラブともども街の門前で別れを告げられる結果となった。おそらくシルファは、最初からこういう形で手打ちにするつもりだったのだろう。頭の回る姉であった。

「すいませんすいません本当にすいません」

「ごめんなさいごめんなさい本当にごめんなさい」

管理官とシックスに対し、その間ずっとアルフォンスとフレーチカが頭を下げ続けていたのは言うまでもない。

「お気になさらず。行ってらっしゃいませ」

シックスは、ハネムーンの主役である二人が気に病むのは避けたかったのか、普段の平静さをすぐに取り戻すと、テントセットを抱えたまま優雅に一礼し、別れを告げた。

ともかくこうして、尊い一人の犠牲だけでなんとかクリスタルリゾートの街中へ入ることが許されたファゴット家の四人。

海鳥たちの合唱とともに彼らを出迎えたのは、驚きの光景だった。

建物はおろか石畳さえ宝石を石材として造られた豪華な往来となっており、観光客と現地民で賑《にぎ》わい、無数の露店が立ち並び、どこも活気に溢《あふ》れている。家々の窓にクリスタルガラスが用いられているのも街の特徴だ。王都でも重宝されている建材であり、未《いま》だに屋敷で木窓を使っているファゴット家の面々からすれば、その景色は異世界のようにさえ思えた。

さらに、この地の特産品であるユーヴェリアの魔法の宝石に至っては、ありとあらゆる土産物屋に数え切れないほど並んでおり、燦然《さんぜん》と店頭を輝かせている。

「これが王国屈指の観光地、クリスタルリゾートかあ」

曲がりなりにも都で暮らしていたことのあるフレーチカやベルファはともかく、ド田舎であるファゴット領から出る機会など滅多になかったアルフォンスからすると、見るもの全《すべ》てが新鮮であった。

「ここまで煌《きら》びやかだと、女の人なら誰《だれ》でも目移りするんじゃないか？」

アルフォンスの言葉ももっともだ。

水晶海岸を産地とする宝石の数々は、古くから王国中の貴族たちに愛好されている。となれば、妻や姉たちも立派な淑女だからして、宝石の一つや二つ欲しくなってしまっても何もおかしいことではないだろう。

現に、アルフォンスの傍《かたわ》らを付き添うように歩いているフレーチカは、先ほどから完全に目移りした様子で露店の一つを凝視していた。

「フレーチカもやっぱり魔法の宝石が欲しい？」

「ふぇ？」

アルフォンスにそう言われ、フレーチカは面食らった様子で目をぱちくりとさせた。

その仕草は、図星を突かれたのとはまったくの逆、見当違いのことを言われて戸惑っているように見えた。

「あれ？　別のものだった？」

眉《まゆ》をひそめるアルフォンス。

ならば、道行く観光客の誰もが目を奪われている無数の宝石たちに目もくれず、彼の妻はいったい何に目移りしているというのか。

先ほどまでフレーチカが熱い視線を送っていた先は、アルフォンスの目にはてっきり、露店に並ぶ見事な黒真珠であったように見えていたのだが。

と、そこでアルフォンスは気付いた。

無数の黒真珠かと思われたそれが、凍らせたブルーベリーの実であったことに。

先に店名を見ていればすぐに気付いただろう。彼の妻の目を宝石たちよりも強く釘《くぎ》付けにしていたのは、氷菓子売りの露店だった。

「……もしかして、宝石じゃなくて食べ物に目移りしてた？」

「っ！」

アルフォンスの指摘に対し、フレーチカは途端《とたん》に顔を真《ま》っ赤《か》にし、すぐにも両手で顔を覆《おお》ってしまった。今度こそ間違いなく図星を突かれた仕草に他ならない。

そう。フレーチカ・ファゴットは、本人は恥ずかしがって認めてくれないものの、相当な食いしん坊であった。

グルメをこじらせて同族のドラゴンたちを裏切ったエイギュイユの転生体という宿命がそうさせてしまっているのだろうか。健啖家《けんたんか》である彼女は、物欲よりも食欲重視なのだ。

「そ、そういうことを指摘しないでください、恥ずかしいです……」

「ご、ごめん！　おれが無神経だった！」

顔を覆う指の隙間《すきま》からでもフレーチカの赤面ぶりが容易に窺《うかが》える。アルフォンスは慌てて取り繕うように声を張り上げた。

「おーい二人ともー、こんなところでイチャイチャしてると置いて行っちゃうよー」

そんな中、道の往来で足を止めてイチャつき始めた弟夫婦に対し、先を行くシルファから急《せ》かすように声がかかった。

「待って。ブルーベリーを買う時間くらいはあるでしょ」

妻に恥をかかせたままでは終われない。アルフォンスはフレーチカの手を引いて氷菓子の露店へ行くと、魔法で凍らせたと思《おぼ》しき大粒のブルーベリーの実を十数粒、片手で摑《つか》めるだけ摑んで買った。

「はい、フレーチカ」

そして、手のひらに載せたままの果実の粒を、フレーチカに向かって差し出した。

「……はい、アルフォンス。ありがとうございます」

未だ赤面したままだったが、フレーチカはか細い声で礼を言った後、細い指を伸ばしてアルフォンスの手の上の果実の粒を一つ摘《つま》み、小さく頰張《ほおば》る。

「どう？」

「しゃりしゃりして美味《おい》しいです」

果肉の甘酸っぱさをそっくりそのまま閉じ込めた氷漬けのブルーベリーの味に、フレーチカは幸せそうに目を細める。

「アルフォンスもいかがですか？」

「いや、今は両手が塞《ふさ》がってるから」

一方の手は旅の荷物で、そしてもう一方の手は今しがた買ったばかりのブルーベリーの粒で、アルフォンスの両手は塞がってしまっている。

「はい、どうぞ。あーんってしてください」

するとフレーチカはもう一度指を伸ばしてアルフォンスの手の上から二つ目の実を摘まみ、それを自分の手で夫の口へと近付けた。

「う、うん。あーん」

されるがまま、差し出された実を今度はアルフォンスが頬張る。

照度が強く温暖な気候の南方のリゾート地だけあって、凍らせたフルーツの味は格別だ。芳醇《ほうじゅん》な甘味と程よい酸味が口に広がるとともに、咽喉の渇きを潤してくれる。

「ほら、美味しいですよね？」

「うん。美味しい。フレーチカが目をつけていただけのことはある」

「もう、アルフォンスったら」

「だーかーらー！　イチャイチャしてると置いてっちゃうぞって言ったよねー？」

そこへ再びシルファから催促が入った。見ればシルファやベルファだけでなく、周囲の他の観光客たちや地元の住人たちからも、道の往来のど真ん中でイチャつく新婚夫婦へと、好奇の視線が集中してしまっていた。

「お前たち。貴族の夫婦が公衆の面前であーんなど恥ずかしくないのか。そういうのは部屋についてから存分にやるがいい。それなら姉も止めはしない」

「そうそう。馬車の中でもバレないようこっそりお手々にぎにぎしちゃっててさー、お姉ちゃんが気付かないと思った？」

これにはアルフォンスとフレーチカも二人揃《そろ》って顔を真っ赤にし、呆《あき》れ顔で足を止めていた姉たちを追い越す勢いでその場から逃げ出した。

かくして、途中少し誘惑に引っ掛かったものの、一行がまず目指したのは街の中央区。荷物を預けて身軽になるべく、宿泊ホテルにチェックインへと向かう。

「ここが我々の宿泊するホテルだ」

そこはまるで水晶の城を思わせる大きさの、硬質な透明感を持つ九階建ての高級ホテルだ。

到着後にフロントで判明したのだが、部屋は四名分しか予約されていなかった。最初からシックスの分は部屋を取っていなかったのだ。

「姉さんたちには人の心がないのか」

「違うぞアルフォンス。ないのは懐《ふところ》の余裕だ」

「血も涙もない……」

　アルフォンスの非難がましい眼差《まなざ》しに、ベルファァは腕を組んで居直る。

「普通の貴族ならば、使用人たちの泊まる部屋も全て用意するのが当然だろう。しかし残念ながら我がファゴット家は普通ではないのだ」

「だいじょうぶだよ、アルくん。シックスちゃんはこういうの得意分野だから」

「いや……ただの執事さんでしょ？」

「前職が複雑だったらしいから、慣れっこ慣れっこ」

　今でこそファゴット家の執事が板についてきたシックスだが、彼が以前どこでどんな仕事に就いていたかをアルフォンスは知らない。モンスターの相手をするのが得意で慣れっこになる職種など想像もつかなかったが、特に気にした様子もないシルファァを言い負かせられるとは思わなかったので、アルフォンスは素直に諦《あきら》めた。

「ごめん、シックスさん。せめてお土産は買って帰る」

「さ、早くお部屋に行こー！　お姉ちゃん足伸ばしたーい！」

「そうだな。フレーチカも早く来ると良い」

「はい！」

　ホテルの中から入り江の方角へ手を合わせて謝るアルフォンスを尻目《しりめ》に、女性陣は各々の荷物を手にさっさと部屋へと移動していく。

本来貴族たる者、荷物など使用人に持たせるのが当たり前。しかし前述した通り、ファゴット家には執事やメイドをリゾートにまで連れて来られる余裕などなかった。

なので各自、自分の荷物は自分たちで持っている。そのため物珍しくもみすぼらしく見られたのだろう、ロビーに居合わせた観光客と思しき他の貴族たちから忍び笑いが漏《も》れ出す。

「キッ！」

瞬間、アルフォンスは観光客たちをひと睨《にら》みで黙らせた。『愛の力』のギフトによって強化された眼力で、有無を言わさず周囲を威圧した。

たかが忍び笑いとはいえ、他人に最愛の妻や姉たちを笑い者にされるなど、アルフォンスに許せるわけがない。

「どうしたんですか、アルフォンス。お部屋に行きましょう」

「うんフレーチカ、今行くよ」

ロビー全体を覆っていた威圧感は消え、気圧《けお》されていた観光客たちが皆一様にへなへなとその場にへたり込む中、アルフォンスはのん気な足取りで女性陣に遅れて移動する。

だが、ロビーには気圧されていなかった貴族も数名いた。

自分で荷物を運ぶ貴族を見て彼らが忍び笑いをこぼさなかったのは、良識的であったから、というわけではない。単に、それどころではなかったのだ。

一部始終をその目にした彼らは、ファゴット家一行、特に真紅の髪をなびかせたシルファとベルファの姿を目撃し、驚愕《きょうがく》の表情を浮かべていた。

「あの赤い髪……」

観光客の一人が、驚きを隠し切れない声で言った。

――アルフォンスたちが暮らす王国の周囲には、三つの周辺諸国が存在している。

皇帝を擁し、強大な軍事力を要する帝国。複数の王たちによる合議制が為《な》され、広大な国土を有する連合国。そして貴族制度を廃し、強いホーリーギフトを市民のものとすることで君主不在でも成り立つ強い国となった共和国。

「今の赤髪の女性はまさか、ベルファ・ファゴットか……！」

最初に呟《つぶや》いたのは帝国の軍人貴族と思しき男だ。観光地にはいささか不釣り合いな勇ましい身なりから、ロビーで今まさにチェックインしようとしていた彼の出身国が察せられる。

「確かベルファ・ファゴットは双子だと聞いたことがある。間違いない」

次に絞り出すように言葉を発したのは、休暇に訪れていた、連合国の騎士階級と思しき男。

彼の姿は二階のテラス席にあった。

「王国の王族以外で唯一ドラゴンブラッドを継承した女と、こんなところで出会えるとは！」

三人目の男は、ホテルに長期滞在していた共和国の大富豪だった。

これまで王国と幾度となく争ってきた三つの周辺諸国には、長年ずっと、咽喉から手が出るほど欲しているものがあった。そう、ドラゴンブラッドだ。

人間に転生したエイギュイユの子孫である王国の王族にのみ継承される、門外不出の力。三国はこれまで、戦場においてドラゴンブラッドの力に何度も煮え湯を飲まされてきた。

王国もドラゴンブラッドの価値を重々承知しているので、血の力を持つ王族を他国の皇族や君主と配偶させることなど一度もなかった。

——だが、ついに王族外にドラゴンブラッドの持ち主が現れた。

今は亡き第六王子の妃《きさき》であった、アルフォンスの姉、ベルファ・ファゴット。

未亡人となった彼女は自らのギフトの効果により、夫であった第六王子のギフトとドラゴンブラッドの力をそっくりそのまま身に宿してしまったのだ。

つまり、ベルファが再婚して子を産めば、その子にもドラゴンブラッドが引き継がれる可能性が高いということ。

ベルファ本人は亡き夫に操《みさお》を立て、新たな恋人を作るつもりはまったくないし、彼女を追放した王族たちも、ファゴット家の悪名を知る国内の貴族たちも、彼女を新しく妻に迎えようなどと誰も思っていない。

が、周辺諸国は別だ。

彼らにとって、観光地にのこのこやって来たベルファの存在は、王国だけが持つドラゴンブラッドの力を手に入れられるかもしれない千載一遇のチャンスなのだ。相手が未亡人だからといって遠慮する気も当然ない。

「こうしてはおられん！」

「急いで本国に連絡せねば！」

「王国や他の国々を出し抜くチャンスだ！」

赤髪の未亡人の姿に血相を変えた三国の観光客たちは、自分たちがリゾートに休暇にやって来ていたことも忘れ、国家を揺るがす重大情報となる一報を一刻も早く伝えるべく、それぞれ駆け出していた。


――同日。

水晶海岸から遠く離れた王都にも、同じ報がもたらされていた。

王国の第一王子であるブリジェス・エイギュイユ。彼のもとへ、クリスタルリゾートを訪れる各国の要人の監視と動向を調査させるべく現地に潜伏させておいた子飼いの諜報《ちょうほう》部隊から、通信魔法で大至急の連絡が入って来たのだ。

「……ベルファ・ファゴットが、弟夫婦のハネムーンに付き添いを？」

一瞬、部下からの報告を聞いてファゴット家の常識を疑うほどに呆れたブリジェスだったが、すぐに普段の冷静沈着な鉄面皮を取り戻す。

だがその場には、冷静沈着とは程遠い人物も居合わせていた。

「ハネムーン⁉　それはつまり、俺《おれ》の可愛《かわい》い可愛いフレーチカと小僧たらしいファゴット家の小僧が新婚旅行に出かけているということか⁉」

第二王子フレデリック――フレーチカの父でありアルフォンスにとっては不倶戴天《ふぐたいてん》の義父にあたる――が、兄であるブリジェスの呟きを耳ざとく聞きつけていた。

彼はここが王太子の執務室であることも忘れ、声を荒らげる。

「フレデリック。お前、あの二人の結婚を認めたのではなかったのか？」

「黙れ兄貴！　状況的に認めざるを得なかっただけで、認めたわけではない！」

威嚇するようにフレデリックは兄ブリジェスに突っかかった。

現状、ドラゴンブラッドが発現しなかったフレーチカは、王族として認められていないままだ。よって、王族たちの中ではフレーチカは今も不義の子であるという疑いを持たれているし、ファゴット家に嫁いだことを知る者のほうが少ない。そういう意味ではフレーチカは、ベルファの存在ほど王国内で注視されてはいない。

が、唯一ファゴット家の面々とともに娘の正体を知ってしまったフレデリックだけは、アルフォンスとフレーチカの間に子どもが生まれた場合、その子が門外不出のドラゴンブラッドを宿し、王族の外戚として認めざるを得なくなる状況を理解している。

しかし、その事実を今誰かに打ち明けてしまうとフレーチカの身に必ず危険が迫る。

フレデリックにとっては国の未来より娘フレーチカのほうが大事だった。

なので兄ブリジェスにも真相はまったく伝えていない。

（しかし……慎重を期して子どもを作るのはまだ早いと言及しておくべきだったかもしれん。ハネムーンなど確実に俺に孫が出来る布石ではないか⁉）

無精髭《ぶしょうひげ》を苛立《いらだ》ちとともにブチブチと引き抜きながら、激しく葛藤するフレデリック。

だが、フレーチカに封印された美食竜エイギュイユとしての力と自我がいつまた甦《よみがえ》るかもしれない現状、フレデリックとしてはアルフォンスに娘を託すしかなかったのも事実だ。

娘のためには今の選択が最善だと彼は信じている。あまりにアルフォンスが気に入らないので、理性では理解していても感情が納得していないだけの話だ。

「どうしたフレデリック。先日娘を取り戻しにファゴットのところに押しかけて以降、ずっと挙動不審ではないか。納得ずくで娘を預けてきたとばかり思っていたのだが、まさか何事かあったのか？」

「いいいいいや別に？　別に何もないぞ？　ないない、本当にないぞ？」

ブリジェスの指摘にフレデリックはあからさまに怪しい反応を示した。

フレデリックは娘の正体のみならず、アルフォンスとの一対一の戦いに自分が敗れたことも兄に伝えていない。王国最強の名は、周辺諸国に睨みを利かせられるという意味ではドラゴンブラッド以上に重要視されている。最強の男が結婚したての十六歳に負けたなど、とてもではないが言いふらすわけにはいかない。

ましてや、自分の娘がエイギュイユの転生体で、父フレデリックを軽く凌駕《りょうが》する人智《じんち》を超えた力を有し、王族全てを食い殺そうなどと目論《もくろ》む邪竜《じゃりゅう》としての自我を宿しているなどと、天地がひっくり返っても吹聴《ふいちょう》できるわけがない。

「……まあ、今はお前のことはいい。それよりベルファ・ファゴットの件について可及的速やかに対処せねばな」

露骨に言葉を濁す弟をこれ以上追及するようなことはせず、ブリジェスは冷静に優先順位を付けた。

「それか。何が問題なんだ？　弟夫婦のハネムーンについて来るなど確かに常識的に言って考えられない行為だが、兄貴が気にするほどのことなのか？」

「これだから政治の出来ない男は困る。ベルファ・ファゴットは我らの末弟の妃だった女、その身には今もドラゴンブラッドの力が宿ってしまっている。周辺諸国からすれば、彼女の身柄を己《おのれ》の国に持ち帰り、子を産ませることが出来れば、ドラゴンブラッドを手に入れ王国に対抗する絶好の機会というわけだ」

「つまり……ベルファ・ファゴットの誘拐を各国が狙《ねら》うわけか！」

「だから政治が出来ないと言ったのだ。曲がりなりにも我が国の領地の一つを治める貴族の女だぞ、誘拐などしては国際問題だ。開戦の理由にさえなりかねない」

「な、なら、どうやって諸国は彼女の身柄を押さえれば……？」

「簡単だ。いや、簡単ではないかもしれん。だが単純な話になる。要は、各国が総力を挙げてベルファ・ファゴットを口説き落とし、自分の意思で再婚を決めさせればいいのだ」

「……は⁉」

フレデリックは、兄ブリジェスの口にした結論があまりにも予想外だったため、思わず素っ頓狂な声を上げてしまった。

「つまり何か……？　彼女がクリスタルリゾートに現れたという情報を摑んだ周辺諸国の国々が、今すぐにもこぞってナンパしにやって来ると、兄貴はそう予想しているのか？」

「そうだ。どの国も、家柄、品格、領地、能力、そして顔、選《え》りすぐりの精鋭を投入してくるだろうな」

「それでその……ナンパを……？」

「そうだ。ベルファ・ファゴットは末弟の愛した女。そうやすやすと他の男に靡《なび》くとは思っていないが、中には未亡人の口説き落とし方を熟知した不埒《ふらち》者もいるやもしれん」

正直、フレデリックは兄の結論が飛躍しすぎていると思った。だから先ほどから言葉の端々に呆れが混じっていたのだ。

――が、しかし。

このとき、すでにベルファ・ファゴット発見の報を通信魔法で受け取っていた周辺諸国は、ブリジェスの見立て通り、合法的にベルファを自国へ連れ帰るべく行動に移っていた。

それも、国家の命運を左右する問題として重く受け止め、迅速に。

帝国では、齢《よわい》百歳を超えて玉座に君臨している老皇帝が「あと四十年、いや三十年若ければ余自ら出た」と世迷《よま》い言《ごと》を口にしつつも、ベルファ籠絡のために帝国中から選別した美男子部隊を編成し、クリスタルリゾートへの即日投入を命じていた。

連合国でも、各地を治める王たちのもとへそれぞれ一報が渡り、他の王たちを出し抜かんと、どの地でも厳正に選び抜かれた絶世の貴公子たちが選任されていた。

共和国に至っては、主だった大富豪や権力者のイケメン子息たちが徒党を組み、愛は金で買ってみせると言わんばかりの量の金銀財宝を手土産に、すでに国を発《た》っている始末だ。

「兄貴の取り越し苦労だと思うが……」

まさか周辺諸国がそのような動きを見せているなど夢にも思っていないフレデリックは、ブリジェスの懸念に眉をひそめるばかりだ。

「要らぬ苦労で済めばそれで問題ない。が、もしもの事態を想定して打てる手は打たねばな」

言って、ブリジェスは執務室の席を立つ。

「場所を変える。お前の娘の嫁ぎ先の問題でもある。気になるなら付いてこい」

「あ、ああ」

諸国の動向はともかくとしても、フレデリックにとってもファゴット家は大事なフレーチカを預けた家だ。娘の安全のためにも厄介事に巻き込まれて欲しくないという気持ちはある。

仕方なくフレデリックは、執務室を後にする兄の背に続き、部屋を出た。

ブリジェスの向かった先は、王国軍の司令本部が位置する王城の一区画にあった。


『王国軍中央情報局・特別結婚相談室』


標識にはそう記されている。

「は？」

フレデリックは思わず二度見した。

が、確かに結婚相談室と書かれている。見間違いではない。

「兄貴、なんの冗談だこれは。なぜ我が王国軍にこんな部署が？」

「私の肝《きも》いりで作らせた」

「兄貴が⁉」

「これからの王国に必要だと判断したからな」

「結婚相談室が⁉」

頭を抱えんばかりのフレデリックを置き去りに、ブリジェスはさっさと部屋の扉を開く。

室内には、軍服を着た数人の職員たちの姿と、無数の書類の束《たば》、そして貴族たちのお見合いに用いられるステイタス付きの肖像画がいくつも置かれていた。

「ごきげんよう、ブリジェス殿下。それにフレデリック殿下も」

室内の一番奥、一際《ひときわ》大きなデスクに陣取っていた一人の少女が、来客の姿を認め、おっとりとはにかみながらその円《つぶ》らな瞳を細めた。

年の頃は、フレデリックの娘であるフレーチカと同じ十七歳といったところか。左手の薬指に結婚指輪はない。つまりは未婚ということ。

普通、軍の要職者は既婚者に限られる。ホーリーギフトの有無があるからだ。にもかかわらず目の前の少女は、未婚のまま、そしてドレス姿のまま、軍部の職務に就いている。

「仕事中すまない、急用がある。その前にフレデリックにも紹介しておこう。中央情報局の特別結婚相談室、その室長を一任している、チェキララ・ヘッケルフォーン嬢だ」

ブリジェスに名を呼ばれ、場違いなドレス姿の少女――チェキララは席を立ち、両王子に向けて軽いステップ交じりの優雅な一礼をしてみせた。

動きに合わせて零《こぼ》れる金髪は長く、腰まで届くほど。金の睫毛《まつげ》も長く、瞳はダイヤモンドを思わせる神秘的な輝きを内包している。身に纏《まと》ったドレスは紺碧《こんぺき》の海を思わせる深い群青色で、周囲の軍人たちの質実剛健な軍服と比べるとあまりに華やかだ。

こんな場所でドレス姿を披露しているより、社交界の花として振る舞っているほうがよほど似合っていると思わせる、まさに深窓の令嬢であった。

もちろん、普通に考えれば王国軍の施設内にドレス姿の軍人がいるはずもない。それが許されているということは、それだけこのチェキララという少女をブリジェスが特別に扱っているということだろう。

「ご紹介に与りました、わたくしはチェキララ・ヘッケルフォーンと申します。父はシャルル・ヘッケルフォーン伯爵ですわ。王太子殿下にスカウトされ、今はここの室長を任されておりますわ。以後お見知りおきを、第二王子殿下」

「ヘッケルフォーン伯の……？」

その名はフレデリックも当然知っている。王国有数の伯爵家の名だ。

だが、あまり政治や軍事で名を聞く家名ではない。にもかかわず、最近どこかでその名を耳にした覚えがフレデリックにはあった。

「兄貴、未婚の伯爵令嬢を王国軍に引き入れて、いったい何をやらせているんだ？」

「シルファ・ファゴットやベルファ・ファゴットの二の舞を防ぐための必要な措置だ。二度と王国内でギフトを巡っての抗争や揉《も》め事《ごと》を起こさせないための、な」

フレデリックの疑問にブリジェスは返答した。

「特別結婚相談室の設立後、王国内の貴族間の婚姻は一旦《いったん》ここに届け出させることにしている。そして、花婿と花嫁の相性をチェキララ嬢に確認してもらっている」

「相性……？　確認……？」

「現に今、一件見てもらっていた最中だ」

ブリジェスとフレデリックはチェキララのデスクへと視線を向けた。

そこには、とある貴族の子息と子女の肖像画が並べて置かれている。

描かれているのは、モンテッキ侯爵家の嫡男と、カプレーティ辺境伯家の令嬢だ。最近付き合っていると噂《うわさ》の、フレデリックも国の式典で何度か見たことのある若者二人であった。

代々優秀な文官を輩出してきた侯爵家と、周辺諸国に睨みを利かせている武勇の名門である辺境伯家は、古くから家同士で険悪な間柄が続き、水と油であった。

犬猿の仲である両家の子息と子女の交際の話は、王国でも様々な噂を呼んでいる。

「この二人はどうだった？」

「一言で言い表すなら――――」

チェキララは淑《しと》やかにほほえみながら、いつくしむように両者の肖像を見やった。

そして厳かに告げる。


「ナイスカップリングですわ」


「……は？」

またしても室内に響く、フレデリックの困惑の声。

「王太子派に属するモンテッキ侯爵家のロメオ様は、幼い頃から恋多き方で、様々なご令嬢に

恋文をしたためていたと聞きますわ。わたくしのもとにも一通届いたこともありますもの！綴《つづ》られた恋文は詩情的で物語性に富み、技巧がふんだんに凝らされ素晴らしいものでしたわ。ですがそれはおそらく他のご令嬢方にも同様の恋文を書き綴った結果の、いわば経験の豊かさの表れであり、その慣れた手管をひけらかす行為は軽薄であると言わざるを得ませんわね！だというのに、先日の舞踏会でカプレーティ辺境伯のご令嬢と初めて出会い、ロメオ様は恋文を無粋に飾るような真似《まね》は控え、ただ一文、『キミに恋してしまった』とだけしたためたそうですわ！　テクニックに長《た》けたロメオ様にあるまじきなんたる稚拙さ！　しかし、だからこそわたくしはそこに彼の本気を感じ取りましたわ！」

突如として炸裂《さくれつ》する、チェキララの早口。その饒舌《じょうぜつ》さは、まさに怒濤《どとう》の荒波のような勢いであった。

「そして第二王子派に属するカプレーティ辺境伯家のジュリエッタ様！　お家柄、質実剛健に育てられた彼女は、本来ならばロメオ様のような浮ついたタイプの殿方とは相性最悪でしょう。ロメオ様からの恋文に心動かされ交際を始められてからも、当然の如く辺境伯閣下は大激怒の上にお二人の仲には大反対！　しかし、しかしですわ！　ジュリエッタ様のようなタイプは、得てして恋愛事に対しても堅苦しい家風に影響を受け、臆病になってしまっているのが世の常！　恋に恋したことさえない乙女を幸せに出来るのは、長年の家同士の確執すら跳《の》ね除けて求婚できるほどの愚直な純愛のみですわ！」

二人の王子たちは今、完全に圧倒されていた。

イキイキとした様子で顔を輝かせ、ついでに瞳も爛々《らんらん》と輝かせ、叫ぶように持論をまくし立てるチェキララを前に、二人して相槌《あいづち》を挟む余裕すら皆無だった。

王国軍中央情報局、特別結婚相談室長チェキララ・ヘッケルフォーン。

フレデリックが最初に抱いていた第一印象は確か、おっとりとした深窓の令嬢だったはず。

しかし現在の印象は――「なんだかすごく妄想の激しそうな女」であった。

さもありなん、と思わせる威圧感が、今のチェキララからは大いに放たれていた。

常に冷静沈着なブリジェスにしては珍しく、相手の出方を恐る恐る窺うような仕草とともに、おずおずと口を開く。

「では、両家の縁談を取り持つ価値はある、と?」

「ええ！　必ずこのカップリングは成功します！　周囲の反対で悲劇が起きる運命を回避すれば、お二人は幸せな未来を摑むことが出来ますわ！　そして、互いを尊敬し合い互いを愛し合うお二人の間に芽生えるホーリーギフトも、きっと素晴らしいものになるはずですわ！」

握《にぎ》り拳《こぶし》をガシィッと勢いよく突き出しながら吼《ほ》えるチェキララ。

それを受け、今度はフレデリックが控えめな挙手とともに口を開く。

「……その根拠は？」

「直感ですわ！」

チェキララは一瞬の逡巡《しゅんじゅん》も無く即答した。

そうして、ブリジェスは絶句するフレデリックの肩をポンと叩《たた》く。

「チェキララ嬢のこの特技は、何ら一切《いっさい》論理的に説明できる根拠はない。ホーリーギフト研究の有識者たちの意見も聞いてみたが、全員が匙《さじ》を投げた。無論この私にも理解不能だ。しかし、不思議と当たるのだ」

「不思議と当たるって……」

「我が国の社交界では昔から、彼女の見立てた恋人同士は必ず上手《うま》くいくというジンクスがあったそうだ。今や貴族たちの間でも、彼女のおかげで良縁に恵まれたと感謝しファンとなった者は多い。得難《えがた》い能力は活用しなければ国の損失になる。だからスカウトした」

「い、いやしかし……、未婚者なのだから、予知能力に類するギフトというわけでもないんだろう……？」

「そうだ。しかし当たる。結果が全てだ」

強引《ごういん》に感じる咳払《せきばら》いとともに、ブリジェスは言葉を続ける。

「シルファ・ファゴットの『略奪』やベルファ・ファゴットの『死がふたりを別《わか》つとも』のような、国家の根幹を揺るがすギフトの誕生は、王国の安寧のためにも今後は必ず阻止しなければならない。そのためには、相応《ふさわ》しくない貴族同士の結婚は事前に避けなければならず、彼女の持つ才能が必要なのだ」

呆れ果てたフレデリックに対し、ブリジェスの顔つきは真剣そのものだ。

シルファの『略奪』は伴侶となった相手の能力やギフトを全て奪い尽くすギフトで、しかも離婚後も効果が永続するという、王国が唯一『再婚禁忌指定』をしているほどの最悪の能力を有している。そして、ベルファの『死がふたりを別つとも』も、死別した伴侶の能力やギフトを継承する力を持っているため、王族にのみ許されたドラゴンブラッドの力を奪われてしまう事態となった。

この二例は、王国にとって前代未聞の不祥事なのだ。ブリジェスは二度とこのような事態が起きないよう、絶大な力を持ち過ぎるギフトの誕生を抑止するため、軍部に特別結婚相談室を設立したのであった。

「そういえば――」

そんな中、ブリジェスはフレデリックにだけ聞こえるよう声を潜め、問いかける。

「お前の娘と結婚したということは、あの二人の弟であるアルフォンス・ファゴットにもギフトが芽生えたはずだな。まさか、お前の『ノーダメージ』に匹敵《ひってき》するような力ではなかっただろうな？」

「そ、それは……俺も詳しくは知らんが……」

言葉に詰まるフレデリック。匹敵どころか凌駕し得るほどのギフトだった――などと白状できるわけもない。

もっとも、これはフレデリックも知らないことだが、伴侶を愛すれば愛するほど身体能力が強化されるアルフォンスの『愛の力』は、実は重複可の能力。

つまり、重婚すればするほどさらに相乗的にパワーアップすることが可能なのだ。よって、もしもアルフォンスが無数の花嫁を迎えてハーレムを築くようなことがあれば、一人で王国を転覆できるほどの力にまで育つ可能性すらあった。

まあ、アルフォンスがフレーチカ以外の妻を娶《めと》ろうと企《たくら》めば、間違いなくこの王国最強の男フレデリックが黙っていないだろうが。

「アルフォンス？　今、アルフォンス様のお話をなさいまして？」

と、そのとき。王子二人の内緒話を耳ざとく聞きつけたのか、チェキララが小首を傾《かし》げた。

先ほどの妄想話を展開していたときも満面の笑みだったが、アルフォンスの名前を出した途端、彼女の笑顔は花が咲いたように可憐《かれん》になっていた。

怪訝《けげん》に思うフレデリックを尻目に、ブリジェスはチェキララの感情の変化を気にもせず、彼女へと告げる。

「チェキララ嬢、きょう相談室へ出向いたのは他でもない。件《くだん》のファゴット家にまつわる用件でな。そのアルフォンス・ファゴットが水晶海岸へハネムーンに向かったのだが——」

「あ、シルファ様とベルファ様がご同伴されているんですわね？」

ブリジェスが顛末《てんまつ》を語るまでもなく、チェキララは事態を察した。

「分かります。アルフォンス様のお姉様方は、弟君を溺愛なされていますもの。ハネムーンにご同行されていても何の不思議もありませんわ。問題は、旅行先が周辺諸国からの人の出入りも激しい水晶海岸だということですわね。ならば王太子殿下の懸念は明白。諸国の貴族たちがベルファ様を狙っておりますのね？」

「なぜ分かる⁉」

一を聞いて十を知るを地で行くチェキララの察しの良さに、思わず悲鳴にも似た声を出してしまうフレデリック。

「分かりますとも。ベルファ様は王族外で唯一ドラゴンブラッドのお力を宿された方。ご本人の美貌を差し置いても、諸国の殿方たちが放っておくとは思えませんわ」

ブリジェス同様、チェキララもその結論に至っていたようだ。妄想の激しい少女ではあるものの、どうやら彼女も王太子同様、頭の切れるタイプらしい。

先ほどから振り回されっぱなしのフレデリックではあったが、評価を改めざるを得ない。が、しかし、チェキララの言葉はそこで終わりではなかった。

「ですが！　ドラゴンブラッドがいくら稀少《きしょう》な力とはいえ、そんな下心にも劣る理由で傷心のベルファ様に近づくなんて言語道断ですわ！　わたくし第六王子殿下とベルファ様のことはマイフェイバリットカップルとして殿堂入り認定させていただいておりますの！　ベルファ様が再婚するならお相手は第六王子殿下にも負けないくらい強く、優しく、民に愛され、妻を愛する殿方でなければなりませんわ！　決してドラゴンブラッド目当ての結婚など許されません！　解釈違い！　解釈違いですとも！　王国の威信にかけて再婚の企みを阻止すべきですわ！」

「……話が早くて助かる。つまりそういうことだ」

一を聞いて百まで突破するチェキララの熱弁を流す形でブリジェスは頷《うなず》いた。

「水晶海岸には私の直属部隊がすでに現地待機している。特別結婚相談室長チェキララ・ヘッケルフォーンに命じる。現地にいる私の部下たちと合流した後、ベルファ・ファゴットを狙う諸国の陰謀を阻止してくれ」

「もちろんですわ！　天誅《てんちゅう》ですわ！」

「……過度の暴力に訴えられるのは困る。向こうはあくまで、フリーの女性をリゾートの地で口説こうとしているだけだ。国際問題に発展する事態は避けなさい」

「かしこまりましたわ。天誅は気持ちだけに留めておきますわ」

興奮しつつも若干の落ち着きを取り戻す暴走令嬢を前に、ブリジェスはひとまず安堵《あんど》のため息をこぼす。

「それと、ベルファ・ファゴットに再婚の意思があるかは知らないが、本人の自由意思を無視して国の方針を優先する任務となる。当人にはバレないよう内密の行動を心掛けてくれ」

「もちろんですわ。目立つ真似をしてアルフォンス様のハネムーンを邪魔してしまうのは気が引けてしまいますものね」

「すでに王国最速のペガサスを手配してある。至急現地に向かって欲しい」

「そ、そこまで急を要するほどのことか？」

呆れ顔を浮かべていたフレデリックだが、チェキララを前に怪訝そうに首を傾げる。

「そういえば、ファゴット家の小僧のことを知っている口ぶりだったな」

彼女の大津波のような長台詞《ながぜりふ》に怯んでいたせいで確認が遅れたが、チェキララのファゴット家に対する物言いは、内情を知っている者のようだった。

「なんだフレデリック。気付いていなかったのか」

ブリジェスが呆れたように言った。

「………………あ」

そして、そこでようやくフレデリックも思い出した。

最近、どこでヘッケルフォーンの名を耳にしたのかを。

まさに、娘の夫であるアルフォンスについて調べていたときに出てきた名前だ。

アルフォンスには、フレーチカとの結婚が決まる以前、元々婚約者がいた。シルファとベルファの悪名が理由で婚約破棄されてしまったが。

「はい。アルフォンス様のことはよく存じておりますわ。だって元フィアンセですもの」

本来のアルフォンスの婚約者であった伯爵令嬢の名。

それこそが、誰あろうチェキララ・ヘッケルフォーンであった。

第二章　ジャックポットを狙って

Shinkon kizoku
junai de
saikyou desu

アルフォンスたちが水晶海岸にやって来た、その晩のことだ。

「最初に言っておくが、遊ぶ金はない」

旅先の予算管理を取り仕切っているベルファが、深刻な顔でそう言った。

場所はリゾートホテル最安値の四人部屋。本来なら貴族の使用人たちが泊まるための部屋だ。

そこを家族四人で利用している。

当然、リゾートに相応《ふさわ》しい豪奢《ごうしゃ》なベッドなどあろうはずもなく、一人がソファー、後の三人は床に毛布を敷いて雑魚寝するしかない有様だった。

そんな部屋しか予約できない予算なのだから、当然リゾートを満喫して豪遊するような所持金があるわけもない。

「なんのためのハネムーンなのさ！　それに金欠の癖《くせ》にどうして姉さんたちは無理してまで付いて来たんだよ！　おれとフレーチカの二人だけならもっと良い部屋にも泊まれたし観光を楽しむだけのお金もあったはずじゃないか！」

当然、アルフォンスの口からは非難の叫びが出た。

「言うな。姉たちも無策でクリスタルリゾートに乗り込んだわけではない。ここから大逆転して最高のリゾート生活をエンジョイする手段は残されている」

ベルファはそう言うと、室内の机の上に並べた所持金を四等分する。

「これで今夜、カジノで勝つ！」

「ギャンブル頼みじゃないか！」

「言っておくが負ければ素寒貧《すかんぴん》だ。明日の朝にはチェックアウトしてファゴット領へ引き返す羽目になる。全員、ハネムーンを続けたいなら死ぬ気で勝て」

顔つきは真剣そのものだったが、ベルファの発想は完全に博徒《ばくと》のそれだ。

「お姉ちゃんサウナついてないお部屋やだ！　絶対勝つもん！」

部屋が気に入らないのか風船のように頰《ほお》を膨らませていたシルファは、軍資金を手にするや否や、垂れ目気味の瞳《ひとみ》を珍しくきりりと吊《つ》り上げる。

「それに豪華な夕食も欲しいし、ワインもつけたいし、おっきな枕《まくら》を抱き締めて、ふかふかのベッドで眠りたい。だってせっかくのハネムーンなんだよ？　初めてなんだよ？」

「うむ。姉にとっても初めてのハネムーンだ。最高のものでなければ許されん」

「姉さんたちのハネムーンじゃなくて、おれとフレーチカのハネムーンなんだけど？」

姉弟たちは屋敷にいるときと同じ、いつもの調子だ。これに危機感を覚えたのが、譲られたソファーに腰掛けていたフレーチカだった。

（シルファ姉さまもベルファ姉さまも、まったく普段と変わりありません……。わたしとアルフォンスが二人きりになる時間を作ってくださるとばかり思っていましたけど……）

目下、その素振りはない。むしろシルファもベルファも弟夫婦そっちのけで今回の新婚旅行を我が物のように楽しんでいる。

新婚生活が始まって以降、姉たちの突飛な性格や言動にも慣れてきたと思っていたフレーチカだったが、それは錯覚であったと思わざるを得なかった。

（このまま受け身に回っていては、本当にただの家族旅行で終わってしまうかも……！　家族旅行が嫌なわけじゃないですけど、新婚旅行は新婚旅行としての思い出が欲しいです！　というかそもそも、せめて二部屋欲しいです！　お姉さま方のお部屋と、わたしとアルフォンス二人のお部屋で、せめて二部屋！）

フレーチカは決意の面持ちとともにソファーから立ち上がり、自分に割り当てられた軍資金に手を伸ばす。

「勝ちましょう、アルフォンス！　家族四人で力を合わせればきっとなんとかなります！」

「え？　う、うん、そうだねフレーチカ」

急にその気になった妻の様子に、アルフォンスは目を瞬かせた。

だが、いくらなんでも姉たちと相部屋はなぁ……と思っていたのはアルフォンスも同じだ。

フレーチカがその気なら、別にカジノに行くのはやぶさかではなかった。

「よし行くぞ！　カジノが我々を待っている！」

ベルファの掛け声とともに、こうして四人はそれぞれに軍資金を握り締め、ホテル地下一階に用意されているカジノルームへと赴いた。

地下と言っても、その内装たるや豪華絢爛《ごうかけんらん》。

魔力を帯びて淡く輝く水晶を壁材に使用し、天井《てんじょう》から吊るされたシャンデリアにも宝石がふんだんに用いられ、床には海岸の景色を連想させる目も覚めるようなブルーのカーペットが敷かれている。

ホテルのカジノは貴族専用であり、まるで社交界の舞踏会を思わせる煌《きら》びやかな夜会服に身を包んだ各国の紳士淑女たちの姿で溢《あふ》れていた。

誰《だれ》もがこの場を上流階級の社交の遊び場と弁《わきま》えており、度を越えて羽目を外している者など一人もおらず、文化人の余裕を損なうことなく優雅に楽しんでいる。

だが、そうした利用客の一員として新たにカジノに足を踏み入れたアルフォンスたちは違う。

四人が四人とも世界存亡の戦いに挑むような顔つきで、うち二人——言うまでもなくシルファとベルファ——に至ってはすでに浮かれ勝負師気分だ。

「まずお姉ちゃんはサイコロかなー」

「姉はカードだ。カードで当てる」

二人は軍資金をチップに交換するや否や、複数の貴族客たちが卓を囲んでいるテーブルへとそれぞれ向かっていく。

「姉さんたち、賭《か》け事《ごと》に熱くならなければいいけど……」

アルフォンスはそう心配したが、開始早々すぐにも姉たちの熱狂の声が耳に届いて来たので、深々とため息を吐き出す羽目になった。

「アルフォンス、あれ見てください。スライムレースですって」

最初のうちは行動を共にするつもりなのか、はたまた一人でカジノに繰り出す勇気がまだないのか、フレーチカはアルフォンスの傍《かたわ》らにぴったりくっついている。

彼女が指差したのは、カジノルームの一角に鎮座する小型のレース場。

そこには、出走を待ち侘《わ》びる色とりどりのスライムたちがパドックで思い思いに飛び跳ねている光景が広がっていた。

「スライムだって一応モンスターなのに、競走させるなんて物騒じゃないのかな？」

「でも、ぷるんぷるんしていて可愛《かわい》いですよ」

競技用だけあってスライムたちは人間でも飼育できる種に限られているらしく、野生の種より一回り小柄だった。丸々とした彼らのパドックでの弾み具合から、参加者はどの個体が一位を取るのか予想して賭けるのだろう。

「オレンジ色の子が一番元気に跳ねている気がします」

「普通に考えればジャンプ力のあるスライムが有利なんだろうけど」

ひとまず二人は初回のレースを賭けずに見送り、スライムレースがいかなるものか理解するため見物に徹する。

出走するスライムは合計七体。青、赤、緑、黄、紫、黒、そして橙《だいだい》色のスライムが、それぞれスターティングゲートにぷるぷると跳ねながら入って行く。フレーチカが注目しているオレンジスライムはゼッケン七番、三番人気でオッズはそこそこだった。

「レースが始まります……！」

ゲートインしていたスライムたちがレース開始とともにいざ疾走――と思いきや、ゲートの先は直線コースではなく複雑に入り組んだ迷路になっており、スライムたちが跳ねながら競走できないくらい道も狭かった。

しかしスライムたちは突如としてその体を触手のように細長く伸ばすと、粘菌が迷路を辿《たど》るように、複雑なコースを最短ルートで突き進んでいく。

「いやジャンプ力関係ないじゃん！」

思わず叫ぶアルフォンス。パドックでのパフォーマンスは出走スライムたちのジャンプ力ではなく粘度を確認するものなのだろう。完全に予想外だった。

「でも、こういうのって逆に可愛くないですか？」

うにょうにょと迷路を進む七色のスライムたちの勇姿に、何故《なぜ》かフレーチカはその光景が琴線に触れた様子で興奮している。

スライムたちは視覚ではなく本能で迷路の正解ルートを把握しているのか、はたまたスタートからゴールまでの微《かす》かな風の流れを読んでいるのか、行動原理はアルフォンスにもまったく分からなかったが、迷うことなくゴールへと向かっている。

レースはものの数分で終了し、見事ゴールフラッグを切ったのはフレーチカが着目していたオレンジスライムだった。

「やりました！　次あの子に賭けます！」

我がことのように得意気にガッツポーズを取るフレーチカ。粘菌のようなスライムたちの可愛さはアルフォンスには分からなかったが、妻が可愛いのは心から理解できた。

レース終了後、細長く伸びていたスライムたちはゴールを抜けると再び丸まり、ぽいんぽいんと弾みながらパドックへ戻って行く。一等を取ったオレンジスライムだけはウイナーズサークルへと入り、そこに設置された表彰台の上でぷるぷると震えていた。

「優勝できて嬉《うれ》しいんだろうか……」

「ふふ、きっとそうですよ」

アルフォンスは眉《まゆ》をひそめてスライムを見下ろしたが、正直言って歓喜に打ち震えているようには見えなかった。当然ながら表情はおろか瞳や口に当たるパーツもないので何を考えているかはまったく分からない。フレーチカは「次もがんばってくださいね！」などと言いながら、オレンジスライムをつんつんと突いていた。

「おれはレース予想を当てられる気がしないから他のゲーム見て回るよ」

「はい。ここはわたしに任せてください！」

すっかり次勝つ気でいるフレーチカをレースコーナーに残し、アルフォンスはカジノ内を見て回ることにした。

幼い頃から個性の強い姉たちに挟まれて育ってきたせいか、アルフォンスは賭博や勝負事への興味が薄い。我を忘れてギャンブルに熱中するような性質ではなかった。

「お」

ふと足を止めたのは、カジノルームの中央に設置されたルーレットテーブル。先ほどのスライム程度なら数匹単位で転がせそうな巨大な金属製のルーレット盤は、金と宝石で装飾された豪華な代物で、一目でこのカジノの目玉であることが見て取れる。

大勢の貴族客が今もルーレットを囲んでおり、赤か黒か、偶数か奇数か、数字の大中小か、あるいは番号を名指しにするか、様々な賭け方でチップを賭けていた。

「赤か黒の二択なら分かりやすいし、勝つも負けるも五分五分だ」

ルールのシンプルさを気に入って、アルフォンスは早速参加することにした。

ハネムーンを続けるために大きく勝ちたい気持ちはあるが、だからと言ってそう簡単にギャンブルで大勝ち出来るとは最初から思っていない。アルフォンスは堅実に、二分の一の確率に少額を賭けることにした。

「さてと、赤か黒かどっちにしよう？」

赤を見て連想したのは姉の髪色。

黒を見て連想したのは嫁の髪色。

「この勝負をフレーチカに捧《ささ》げる」

アルフォンスは迷うことなく黒に賭けた。


さてそれから。

一時間半ほど経《た》って、カジノで真っ先に素寒貧になったのは、フレーチカであった。

今まで遊戯としての賭博に興じる機会もなかった彼女は、スライムレースで三度負け、さらにそこから十数回ダイスを転がした結果、あっという間に持ち金をスってしまったのだ。

「ううう……こんなはずでは……」

がっくりと肩を落として落ち込むフレーチカ。

「まさかオレンジ色の子が次のレースで最下位になるなんて……もしかして指で突いたことがストレスになってしまったんでしょうか……？　スライムさんは繊細な生き物さんだったんですね……」

贔屓《ひいき》のスライムはあえなく惨敗したようで、彼女の意気消沈ぶりは相当なものだった。

「こんなことなら、ホテルの前のお菓子屋さんで見かけた可愛らしいケーキを買っておくんでした……見た目は可愛いのに値段が可愛くないからって諦《あきら》めたのが間違いでした……」

割り当てられた軍資金の使い道に失敗し、フレーチカは後悔中。

「奥方様、少しよろしいでしょうか」

そんな中、カジノの女支配人が、フレーチカの左薬指の指輪を確認した後、恭しい態度で話しかけてきた。

「奥方って、わたしのことですか？」

「はい。見れば、チップを全《すべ》て使い切られてしまわれたご様子ですね。いかがいたしましょう、追加チップを用意することも出来ますが」

三つ編みツインテールの女支配人は言う。

貴族向けのリゾートホテルだけあって、カジノで素寒貧になったからと言って即座に放り出されるようなことはない。むしろ、利用客は全て身元も家名もはっきりした貴族なのだから、追加融資を簡単にしてくれるのがここのカジノの特徴だ。

「い、いえ！　わたしはまだ嫁いできたばかりですし、家に迷惑をかけるわけにはいきませんので、チップの追加は必要ありません！」

慌てて追加融資を拒否するフレーチカ。ファゴット家の財政状況を鑑みれば、ここで借金をするという選択肢はあり得ない。

「左様でございますか。ですが、見たところ仕立ての良いドレスをご着用されているご様子。そちらを担保に同額のチップをお貸しすることも出来ますが」

フレーチカは、世間に公表されていないだけで第二王子フレデリックの娘、つまりは王家の血を引く生粋のお姫様だ。

その気品を感じ取り、支配人はフレーチカを名のある貴族の奥方と判断したのだろう。このカモを逃してなるものかと言わんばかりに食い下がる。

「ドレスを担保って、無理に決まってます！　もちろんお部屋に着替えはありますが、自分の着ている衣服をお金の代わりにするなんて、そんな恥知らずな真似《まね》できません！」

「代わりとなる服は当カジノでご用意させていただいております」

支配人はそう言って、店の奥に並べられていた奇妙な衣装を指差した。

奇妙と言うのは、フレーチカが今までの人生で一度も目にしたことのない服だったからだ。おそらく他国の民族衣装か何かだろう。小股の切れ上がったレオタードと、脚を包む網タイツ、あと何故《なぜ》かウサギの耳が付いたカチューシャが附属している。見ればレオタードのお尻《しり》の部分にも丸いウサギの尻尾《しっぽ》が取り付けられていた。

「なななな、なんですかあの破廉恥な格好は⁉」

「バニースーツと名付けられた、帝国で流行《はや》っていると噂《うわさ》の女性用の夜会服のようなものです。なんでも皇帝がいたく気に入り、バニーガールを世に広めよとお触れを出されたとか」

クリスタルリゾートは観光地という性質上、他国の流行にも敏感だった。カジノでもこうして周辺諸国のニーズを押さえているのだろう。

「だ、だ、だからといって、あんな格好……」

「お連れ様方はお気に召したご様子ですが」

支配人の手が向けられた方へ、フレーチカは真っ赤《まっか》な顔のまま、目下ギャンブル中のテーブルに眼差《まなざ》しを向ける。

「次！　次こそはお姉ちゃんが勝つもん！」

「いいや私だ！　私が勝つ！」

そこには、すでにバニーガール姿になっているシルファとベルファの姿があった。

シルファは赤いレオタードに白のウサギ耳で、ベルファは赤いレオタードに黒のウサギ耳。どちらも見事に着こなしていた。

「お姉さま方！　なんて格好で遊んでいらっしゃるんですか！」

さすがにフレーチカから苦言が飛んだが、ゲームに熱狂している二人の耳にはまったく届いていない。

さらに言えば、二人がすでにバニースーツに着替えているということは、有り金を全て使い切りドレスを担保にしてまで再勝負しているということだ。この状況では最早《もはや》、明日のチェックアウトを待たずしてハネムーンが終わってしまう可能性は大だ。

「このままでは、わたしとアルフォンスのハネムーンが……」

青ざめた顔で夫の姿を探すフレーチカ。

こうなっては、頼みの綱はアルフォンスだけだ。彼がまだ軍資金を使い切っていないのであれば、明日ハネムーン最後の観光を楽しむだけの余裕はあるだろう。担保になったシルファとベルファのドレスの買い戻しを諦めれば済む話だ。

「アルフォンス、早まっちゃダメです！」

ルーレットのテーブルに夫の姿を見つけ、フレーチカは声を荒らげた。幸いアルフォンスはまだ自分の服を担保にバニーボーイになってはいない。有り金が残っている証拠だ。

素寒貧になる前ならば、まだ間に合う。

「じゃあ次は奇数で」

しかしフレーチカの制止の声より先に、ルーレットのボールはすでに投げられていた。

アルフォンスもボールが落ちる場所の予想を終えて賭けを済ませており、回転する盤の上を逆向きに高速で転がるボールの行方《ゆくえ》を静かに見守っている。

今回のルーレットにアルフォンスが賭けたチップの枚数は、最初に四等分して配られた枚数の、およそ十倍はあった。

「え？」

慌ててテーブルに駆け寄ったフレーチカは、アルフォンスの手元にある山のように積み上げられたチップの枚数を見、驚きの顔で小首を傾《かし》げた。

「あ、フレーチカ。そっちは楽しんでる？」

「いえ……アルフォンスこのチップの枚数はいったい……？」

「うん。どこに賭けても全部当たるんだ」

のん気に答えるアルフォンス。

そうこうしているうちにルーレットボールは勢いを失い、回転盤の上を力なく転がり、動きを止めた。

ボールが落ちた場所は、赤の３。奇数だ。

「この勝利もフレーチカに捧げる……！」

これでチップの数はさらに膨れ上がり、最早テーブルの上に乗らないほどの枚数に。

「今までどのくらい勝っているんですか……？」

「全戦全勝。もしかして、おれの『愛の力』って運も上がったりするんだろうか？」

自分でも大事になっていることは理解しているのだろう、信じられないといった様子でアルフォンスは呟《つぶや》いた。

伴侶のことを愛せば愛するほどに全ての能力が跳ね上がるのが『愛の力』だ。しかし、どんな力がどこまで高まるのかは今も謎《なぞ》に包まれたままである。先のフレデリックとの戦いでは、複雑骨折が瞬時に完治するほどの再生力すら発揮できた。

ならば運気が高まってもおかしくはない。

途中、顔面蒼白《そうはく》のディーラーに代わり、新たな凄腕《すごうで》ディーラーがやって来たが、結果は同じだった。何度賭けてもアルフォンスは決して外さない。おそらく今度のディーラーはルーレットボールを狙った場所に落とせる力量の持ち主なのだろうが、アルフォンスの運はディーラーの技術をも捻《ね》じ伏せていた。

「お客様、次は――」

「0にインサイドベット」

特定の数字一つに賭ける、一目賭けだ。

0を除く全ての数字は赤か黒かで色分けされているが、0だけは緑色で、偶数奇数にも数字の大中小にも当てはまらない。0にボールが落ちた場合、色や偶数奇数や数字の大小に賭けるアウトサイドベットは全てプレイヤー側の敗北で、ディーラーの総取りとなる。

が、逆にアルフォンスのインサイドベット予想が成功した場合、配当は三十六倍だ。

「ほ、本当にだいじょうぶなんですか？」

「おれにとっての勝利の乙女が隣にいてくれるからね」

緊張に震えるフレーチカの手を、アルフォンスはギュッと握り締める。

回るルーレット盤の回転を切り裂くように逆回転するボール。

周囲の貴族客たちすら、固唾を呑《の》んでボールの行方を見届けるべく身を乗り出している。

ディーラーは、神などいないこの世界で、手を合わせて何者かに祈っていた。

やがてルーレットの回転盤の勢いは収まり、それに伴ってボールの速度も削《そ》がれていく。

そうして、転転転《ころころころ》、と。

ついにボールは衆目の只中《ただなか》、ゆっくりと収まるべき場所に落ちる。

盤上でたった一つの、緑色のポケットに。

「よし！」

「あああああああ、やりましたー！」

興奮のあまり思わずアルフォンスに抱きつくフレーチカ。

膝《ひざ》から崩れ落ちるディーラーを尻目《しりめ》に、賭けられていたチップは三十六倍になってアルフォンスの元に戻され、チップの山は山脈と呼ぶべき枚数にまで膨れ上がる。

「さっすがアルくん！　ファゴット家最強ぅーー！」

「でかしたアルフォンス！　これで夢のリゾートバカンスが叶《かな》うぞ！」

バニーガール姿のままのシルファとベルファも騒ぎを聞きつけて弟のもとに駆けつけており、自分たちの負け分をすっかり忘れた様子ではしゃいでいた。

「ベルファ姉さま！　今のお姿をもし叔父上が見たら泣かれますよ！」

「ああ。泣いて喜ぶだろうな」

「違います！」

とてもではないが未亡人がする格好ではないとフレーチカが窘めたが、ベルファは一向に気にした様子もなくセクシーな姿を固辞するかのように髪を掻《か》き上げてほほえんだ。

「でも、フレーチカちゃんがうさぎさんになったらアルくんも泣いて喜ぶと思うよー？」

「シルファお姉さまも何をおっしゃるんですか！」

真っ赤な顔で叫ぶフレーチカ。

「……と、とりあえずですね」

快進撃に浮かれる姉たちを尻目に、彼女は新たに積み上げられたチップの山脈を切り崩すと、急ぎそれらをツインテールの女支配人へと渡す。

「これでお姉さま方のドレスの買い戻しをお願いします……」

さすがに姉たちがバニーガール姿のままでは恥ずかしかったらしい。盛り上がる周囲の客たちの歓声とは裏腹に、フレーチカの声はあまりにか細く、そして切実であった。


「やったー！　ちゃんとサウナがついてるお部屋だー！」

広々とした部屋を一望するや否や、真っ先にシルファが歓喜の声を上げた。彼女に続いて入室したアルフォンスたちも、目の前に広がる光景に息を呑んでいた。

カジノにてファゴット領の一年分の税収に匹敵《ひってき》するほどの金額を勝ち取った一同は、すぐさま金に物を言わせて、元いた使用人部屋を離れ、ホテルで最もグレードの高い豪華なロイヤルスイートに移っている。

ロイヤルスイートには、四人全員がそれぞれ足を伸ばして自由にくつろげるだけのレストルームはもちろん、ジャグジーやサウナ、大型キッチンすら完備されていた。寝室も当然ながら新婚夫婦と姉妹で別だ。キングサイズのベッドが人数分用意されており、前の部屋のように床に毛布を敷いて雑魚寝をする必要もない。さらに、八階のフロアに位置しているので外の景色も楽しめる。

「これだけ高所からの景色というのは、私も王城くらいしか経験がないな」

フロア移動に用いた魔力式のエレベーターからの眺めを思い出し、ベルファが言った。

「お姉ちゃん一番風呂《ふろ》ー！」

シルファはフレーチカが買い戻したドレスに着替え直していたが、それを景気よくぽいぽいと脱ぎ捨てると、さっさと浴室へ向かって行ってしまった。

「おいシルファ、祝杯を上げてからでも遅くはないだろう」

「グラスに注《そそ》いでお風呂に持って来てー！」

「お前の魔法ならグラスくらい自在に動かせるだろう！　妹を使うな！」

一方ベルファもドレス姿に戻っている。彼女はリビングのテーブルに、ホテルのレストランから調達してきた高級シャンパンをずらりと並べていた。

「……結局、寝室は別にしたけど姉さんたちとの相部屋は変わらないのか」

アルフォンスはというと、ため息交じりに、大量の金貨が詰まったいくつものトランクを部屋の隅に並べていた。

ハネムーンの予算が大幅に増えたことで、当然アルフォンスは姉たちと部屋を分けるつもりだったのだが、フロントで確認したところ、生憎《あいにく》と急な予約が立て続けに入ったとのことで他の部屋はもう空いていなかった。

同じホテルのロイヤルスイートはもう一室あったが、そこも昼間のうちに予約済み。別のホテルでも周辺諸国の観光客からの当日予約がいきなり殺到し、すでに埋まってしまっているとフロントで聞いている。

アルフォンスたちに知る由もないが、他のホテルに予約を入れてきた観光客たちというのは、言うまでもなくベルファァを口説き落とそうと目論《もくろ》む周辺諸国の刺客たちだ。

「二人っきりになれたらフレーチカにこれを着てもらおうと頼み込むつもりで、さっきこっそり買っておいたのに……」

そう呟いたアルフォンスの手にあったのは、黒のレオタードと白のウサギ耳のバニースーツであった。

無論、まだ妻には見せていない。いくら夫婦とはいえ、頼み込むにもタイミングというものがある。

「いやでも、せっかくのハネムーンでのプレゼントがウサ耳のカチューシャとレオタードっていうのはなぁ……何かもっと別の物を先に贈らないと……」

バニースーツを誰にも見つからないよう荷物の奥にいそいそと仕舞い込んだ後、アルフォンスは難しい顔で首を捻った。

思えば、結婚してまだ日も浅い新婚夫婦なだけあって、アルフォンスは妻に高価なプレゼントを贈ったことがない。

幸い、ここは宝石竜ユーヴェリアが生み出した魔法の宝石が無尽蔵に採れる水晶海岸。高価な贈り物には困らないし、今は予算も山のようにある。

「夫婦初めてのプレゼントは、やっぱりちゃんとしたものにしよう。それこそ女の子が喜んでくれそうな宝石とか」

しかし、燦然《さんぜん》と煌めく無数の宝石よりも凍らせたブルーベリーに目が行く妻だ。フレーチカが最も喜ぶプレゼントとなると、すぐには思いつかない。それに、プレゼントは渡す瞬間まで内緒にしておきたいからフレーチカ自身に相談するというわけにもいかない。

「明日か明後日か、時間があったら一人で市場を見に行ってみよう」

アルフォンスがそんなことをぼんやりと考えていた矢先。

「あーん、アルフォンスー」

不意に、背後からフレーチカがギュッとしがみ付いてきた。

「フフフフフレーチカ⁉」

柔らかな塊が潰《つぶ》れるほどの勢いで背中に押し当てられた豊かな二つの膨らみに、アルフォンスは瞬間的に挙動不審極まる上ずった叫び声を上げた。

「ど、どうしたの？」

「良かったです。まだハネムーンを続けられるのが、本当に。わたしもう、明日には屋敷に帰らなきゃいけないいんじゃないかって、心配で……」

涙ぐむフレーチカ。その顔は普段より随分と赤い。

不安と心配が解消され、緊張の糸がぶつりと切れたのだろう。そうアルフォンスは思ったが、よく見れば妻の手にはシャンパングラスがあった。

グラスも水晶海岸特産のクリスタルガラスで作られたもので、中は飲み干したらしくすでに空だ。ベルファがシルファのためにシャンパンをサウナに持って行く前に、どうやらフレーチカにも試飲させたようだ。

「うー。本当に心配だったんですから」

軽く酔いが回って甘え上戸が顔を覗《のぞ》かせたのか、フレーチカはアルフォンスの背中にもたれかかったまま離れようとしない。

「よしよし。……あ、そうだ」

そんな中、アルフォンスはふと口を開く。

「フレーチカって、この街に来て何か欲しいものとかあった？　氷漬けのブルーベリーも美味《おい》しかったしまた食べたいけど、それ以外で」

　妻が酔っているのをいいことに、さり気なく欲しい物がないか聞いてみることにしたのだ。もちろん、決してプレゼントを画策しているなどと向こうに悟られるわけにはいかない。なるべく遠回しに質問するアルフォンス。

「えーとえーと、ホテルの前にあったお菓子屋さんのケーキがですね、可愛くて食べちゃいたくなったんですけど、お値段が可愛くなくてですね、どうしようかなーって悩んでます」

　緊張の糸が切れたところへ、飲み慣れていないシャンパンを口にしたせいだろう、フレーチカの口調はたどたどしい。

「あはは。お金はいっぱい増えたからケーキは明日買いに行こう」

「んー？　でも、可愛いのに可愛くないんですよ？」

　最早、会話が成立しているのかも怪しい。

「そうだ。食べ物以外に何かある？　欲しいものとか」

　今なら踏み込んでも悟られないと思ったのか、アルフォンスは思い切ってそう口にした。

「んーとですね」

　フレーチカはアルフォンスの背中にしがみ付いたまま、胸だけでもぞもぞとよじ登るように身動《みじろ》ぎして頭を動かし、夫の耳元へ唇を近寄せる。

「――もっとイチャイチャできる時間が欲しいです♥」

そして、フレーチカは珍しく甘えた声でそう答えた。

「えへへー。アルフォンス、すーき、すーき♥」

「……姉さんたちさえ見ていなければ今すぐ時間を作りたいくらいだけど」

背中に引っ付いたフレーチカは、やはり酔っぱらった様子で顔を上気させたまま、何やら上機嫌に、何が楽しいのかは分からないが楽しげな声を上げている。

これを聞いてアルフォンスは、姉たちに邪魔されないよう二人きりの時間を絶対に作ろうと決意を新たにするとともに、今のフレーチカならバニースーツ着てくれたんじゃ……と若干の後悔に苛《さいな》まれた。

――同時刻。

アルフォンスたちが過ごす八階のロイヤルスイート、その一つ上階にも、そっくりそのまま同じ間取りの部屋が存在している。

王室名義で予約された、もう一つのロイヤルスイートだ。

今まさに下の階でアルフォンスたちが勝利に浮かれている中、夜空を流れ星のように高速で飛来してきた天馬車がスイートのバルコニーに到着した。

「まさかもう着いてしまうなんて、さすがは王国最速ですわね」

ペガサスが牽引《けんいん》するキャリッジから降りてきたのは、一人の少女。

輝くようなブロンドの長髪と、ダイヤモンドを思わせる煌めく瞳、海の色を映したかのような群青色のドレス姿。

王国の伯爵令嬢にして中央情報局の特別結婚相談室長、そしてアルフォンスの元フィアンセ、チェキララ・ヘッケルフォーンだ。

王都から早馬に乗って約半日、今まさに彼女は水晶海岸へと舞い降りた。

「ヘッケルフォーン様、ご体調は大丈夫ですか？」

「問題ありませんわ。先ほどまでは確かに超高速で揺られて死にそうになっておりましたが、ここの空気を吸った瞬間わたくし完全回復いたしましたわ！」

バルコニーには、下の階からの騒がしい声が微かに届いている。

チェキララは、自分の身を気遣ってくれたペガサスライダーに一礼すると、アルフォンスたちの楽しげな声を盗み聞き、にんまりと頬を緩ませる。

そして彼女は天馬車の騎手に別れを告げ、窓からロイヤルスイートへと入室した。

「窓から失礼申し上げます。皆様、お待たせいたしましたわ」

先んじて室内に待機していた面々へと、チェキララはステップ交じりに優雅な会釈をしてみせた。

「お待ちしておりました、チェキララ様」

彼女の言葉が向けられたのは、先にロイヤルスイートに入室し待機していた、王太子ブリジェス直属部隊、通称「影」と呼ばれる隊員たちだ。

彼らはもともとブリジェスより水晶海岸の各国貴族の監視を命じられていた諜報《ちょうほう》部隊であり、中心にいるのは先ほどフレーチカにバニースーツを勧めていたカジノの女支配人であった。

「殿下より詳細は窺《うかが》っております。この部隊の長を任されております、サーティーンと申します。無事にご到着されてまずは何よりのご様子」

そう名乗った女諜報員は、軽《かろ》やかに振る舞うチェキララとは対照的に、堅苦しいまでの敬礼で返礼した。水晶海岸での長い滞在任務のせいか、それとも地がそうなのか、魅惑的な褐色肌を持つ、顔立ちの整った美女だ。何故か使用人の服装に袖《そで》を通し、長い髪を三つ編みにした上でツインテールにしている。年の頃は十九かそこらだろう。

「ありがとうございますサーティーン様。チェキララ・ヘッケルフォーンですわ」

「私に様付けは不要です。任務中は周囲から疑われぬよう、チェキララ様付きのメイドとして振る舞わせていただきますので。今後は呼び捨てでお呼びください」

「それでメイド服をご着用されていたんですのね。では、そのようにさせていただきますわ、サーティーンさん。それに皆さんも」

これから配下となるサーティーンとその部下たちに、チェキララはおっとりとほほえみかけた後、部屋中に広がる光景を一望した。

室内の至るところに、魔法で映し出されたクリスタルリゾート各所の映像が浮かび上がり、美しい夜景とともに、そこに映る人々の動きがリアルタイムで中継されていたのだ。

「これはサーティーンさんのギフトですの？　素晴らしいお力ですわね」

チェキララの感想に、サーティーンは恭しく頭を下げる。

「私のギフトは『虫愛ずる細君』と申しまして、昆虫や羽虫を自在に操《あやつ》る力となります。使役した虫たちの視点で街中を監視し、その光景を魔法で映像として部屋全体に転写することで、こうして中継しております」

羽虫たちが監視している中継映像には、ベルファを狙う諸国の刺客たちと思《おぼ》しき色男たちが、街の各所からこのホテルへと向かってくる姿も映し出されていた。

それらの映像をひと通り目にしながら、チェキララはサーティーンの説明を聞いて難しい顔で押し黙る。諜報に特化したギフトに違いないが、彼女にはそれ以上に気にかかることがあったようだ。

「失礼ですが、サーティーンさんはギフト婚ですの？」

「はい。年が七つも離れているため、夫とは愛の言葉を交わしたこともありませんが」

「虫はお好きですの？」

「いえ。私は」

チェキララの質問にサーティーンは簡潔に応《こた》えた。

結婚するだけでホーリーギフトという特別な能力を獲得できる以上、戦士として王国に仕える者は基本的に既婚者だ。だが、誰もが恋愛結婚できるわけではない。てっとり早く力を得るためギフト目当ての婚姻関係を結ぶ者のほうが多いくらいだ。

ブリジェス直属の部下であるサーティーンも、そうしたギフト婚により、若くして影の一部隊を任されるだけの力を得たのだ。

「お相手は、クラベス男爵家のご次男様ですわね？」

不意にそのとき、チェキララがぽつりとこぼした言葉に、今まで平静を保っていたサーティーンの顔が、露骨に強張《こわば》った。

「どうしてそれを……」

唇を引き攣《つ》らせ、サーティーンはやっとの思いで一言絞り出した。彼女の部下たちはチェキララの呟きが何を意味するかも分からず、怪訝《けげん》そうに眉をひそめている。

――瞬間。

「分かりますとも。わたくし王国中のあらゆるカップルを把握しておりますので。クラベス男爵家のご次男様は、確か今年で十二歳。まだ身を固めるには早いお年ですが、ブリジェス殿下のお計らいでお早いご結婚が決まったと風の噂で耳にしたことがありますわ。ギフト婚に選ばれたと考えれば年齢はあまり関係ありませんものね。男爵夫人からパーティで伺った話では、ご子息のご趣味は昆虫採集とか。クラベス領には王国屈指の大樹海がありますし、生まれ育った土地の生き物を愛されている証拠ですわね」

一同を前に、チェキララが口火を切った。

「このお年でのご結婚となると、旦那様も幼心に不安があったのでしょう。それを内心察したサーティーンさんに、幼い旦那様の不安を少しでも和らげて喜ばせてあげたいというお気持ちが芽生え、その無意識の願いが虫を操るギフトとなってあなたの身に宿ったのだと、わたくし愚考しますわ」

「さ、最初から知っておられたのですか、私の夫がクラベス男爵家の者だと……」

「いいえまさか。ギフトからの逆算ですわ。ですが、そのくらい見れば分かります。わたくしも社交界に出入りしている令嬢の端くれ、どの家のどなたがご結婚なされたかという情報は自然と耳に入って参ります。とはいえ、わたくしはギフト婚だからといってそこに愛は無いなどという狭量な言葉を口にするつもりはございませんわ。愛はいつ芽生えてもおかしくないもの。ならば結婚後に愛が芽生えることもありましょう。幼い旦那様を慈しむサーティーンさんのお心に愛が無いなどと、わたくし誰にも言わせませんわ」

長々と語りながら、チェキララは澄んだ目でサーティーンを見据える。

「結論から言って、ナイスカップリングかと」

その言葉にサーティーンは最早その場で平伏するしかなかった。

「隊長のご結婚相手が十二歳って本当ですか⁉」

「年が七つも離れているって下にじゃないですか⁉」

「年甲斐《としがい》もなくツインテールなのにも理由があるんですか⁉」

「まさか旦那さんに好かれたくて子どもウケを意識してるんですか⁉」

チェキララに対し屈服に近い姿勢で頭を下げるサーティーンの背へと、動揺する部下たちの余計な言葉が追い打ちのように突き刺さっていく。本来、貴族の子息子女が成人と認められ結婚できるようになる年齢は十五歳。王太子であるブリジェスが決めた特例とはいえ、十二歳で結婚するケースは異例であった。

「お前たちは黙れ。殺されたい様子だな」

サーティーンは羞恥に顔を真っ赤にしつつも、血走った目で部下たちを睨《にら》みつけた。

「ともかく、チェキララ様の観察眼には感服いたしました。ブリジェス殿下が重用されている理由も身に染みて理解させていただきました」

「いえいえ。わたくしなんて大した力もない小娘でしかありませんわ。推しのカップルが幸せになったとしても、それはわたくしの力ではなく、そのカップルの愛あればこそですわ」

チェキララはのほほんとした態度でそう言った。

彼女的には自分が何か凄いことをしているという自覚はまったくなく、単に推しについて熱く語っているだけなので、当然と言えば当然の認識だろう。

「チェキララ様。ファゴット家の方々の部屋にも監視の虫を配置しております」

「もちろん早速拝見させていただきますわ」

ファゴット家の面々を監視している虫から情報をキャッチし、サーティーンが告げた。

中継映像には、酔っぱらった妻と姉たちに絡《から》まれて四苦八苦しているアルフォンスの姿が大きく映し出されていた。

「まあアルフォンス様！　すっかりたくましくなられて。顔つきも以前より凛々《りり》しくおなりになったかしら？　お隣の黒髪の女性が奥様のフレーチカ・ファゴット様ですのね！　ひと目で分かります、わたくし推せますわ！」

二人の姿を見るなり、上機嫌ではしゃぎだすチェキララ。

家の事情で婚約破棄したとはいえ、相手は元フィアンセ。それが他の女性と仲睦《なかむつ》まじくしているというのに、チェキララは気落ちする素振りもなかった。

「実は先ほどカジノにてファゴット家の皆様を大負けさせて所持金を使い果たさせ、諸国に狙われているベルファ・ファゴットをリゾートから追い払おうと動いたのですが、彼女の弟がルーレットで大勝ちしてしまい、失敗に終わりました」

「そういうのはダメですわ！　せっかくの新婚旅行が台無しになってしまっては、アルフォンス様もフレーチカ様も悲しんでしまいますもの！　お二人の幸せを見守りつつ、ベルファ様に近付こうとする不埒《ふらち》な輩《やから》を排除していくのがわたくしたちの任務ですわ！」

アルフォンスとフレーチカのハネムーンの成否に関しては特にブリジェスから言及されていなかったが、あまりにチェキララが強気に断言したものだから、サーティーンたちは素直に納得するしかなかった。

「では、まずどう動きますか？」

「そうですわね。カジノで大きくお勝ちになったということは、きっとアルフォンス様たちは金銭面で相当な余裕が出来たと予想できますわ。シルファ様もベルファ様も、ご不幸にも新婚旅行には行けなかった方々。となれば、ハメを外して楽しみたいというお気持ちはあって当然、叶えて当然」

チェキララは映像に映るアルフォンスたちを眺めつつ、言葉を続ける。

「ですが、それだけカジノで目立ってしまわれたのであれば、ファゴット家の皆様のことはすでに街中で噂になっていると考えるべきですわね。周辺諸国の刺客の方々も他の国を出し抜く必要があるのですから、今夜から仕掛けてくると予想できますわ」

中継映像に映った美男子たちに厳しい視線を送りつつ、チェキララは言った。

彼らは目下ホテルを目指して移動中だ。すでに今は夜。誰もが就寝していてもおかしくない時間帯だが、何が何でもベルファとの接点を持ちたがっている諸国の刺客たちならば、金や権力に物を言わせてホテル内の各所に居座る可能性がある。最悪、無理矢理ロイヤルスイートに押し入ろうとする恥知らずも出てくるかもしれない。

「この付近のナンパ師の方々には可哀想《かわいそう》ですけれど、厄介事を起こされる前に秘密裏にご退場していただくのが無難ですわね。どなたかお願いできまして？」

ホテル近隣の監視映像も確かめながら、チェキララはお茶会でも開くかのようなおっとりした口調で排除指令を出した。

「お任せください」

サーティーンは姿勢を正して顔を上げると、拝命した指令を実行すべく、部屋の壁に立てかけてあった愛用のマスケット銃へと手を伸ばした。

この世界では銃は別に先進的な代物ではない。千年前の時点で、大砲とももども高度な知恵と文明を持っていたドラゴンたちが開発していたほどだ。

ただ、人間社会においてはホーリーギフトのほうが遥《はる》かに強かったため、需要は薄く、戦場でも用いられることは少ない。もっぱら猟銃としての価値に重きが置かれているくらいだ。

そういう意味では珍しいとさえ言える銃を構えながら、サーティーンはロイヤルスイートのテラスへと向かう。

開放されたテラスの手すりに腰掛け、手にした銃を狙撃銃のように構えると同時に、彼女のもとへ凶悪な尾針を持つ毒蜂たちが集まってくる。

「キラービーバレット」

サーティーンはマスケット銃の弾倉に蜂を銃弾として装填《そうてん》し、トリガーを引いた。

加速魔法とともに次々と撃ち出される蜂の群れが、近隣の通りから今まさにホテルに到着しようとしていた標的たちへと恐るべき速度で飛来していく。

虫を操るサーティーンの目的は至ってシンプル。

何も命まで奪うつもりはない。

刺客たちの顔面に毒針を突き立てるだけでいい。

ただそれだけで美男子たちの端正な面立ちは恐ろしく腫れ上がるだろう。そうなれば未亡人を口説き落とすことも出来なくなり、脅威は無力化されるのだから。

サーティーンの狙い通り、狙撃された標的たちは悶絶《もんぜつ》の声とともにその場に転倒し、大きく腫れた顔を押さえながら泣き叫ぶ。

まだ序の口だが、これで周辺諸国の刺客を早くも十数名排除することに成功した。

その様子を中継映像で確認したチェキララは、満足げに頷《うなず》く。

「ヘッケルフォーン伯爵家の名にかけて、ファゴット家の皆様の楽しいハネムーンは誰にも邪魔させませんわ。お覚悟はよろしくて？」

こうして、アルフォンスたちの知らないところでベルファを巡る攻防戦の火蓋が切って落とされ、新婚旅行初日の夜は更けていった。

第三章　ハニートラップブレイカー

Shinkon kizoku junai de saikyou desu

「妙に虫が多すぎる……」

アルフォンスがぽつりと呟《つぶや》いた。

ハネムーン二日目の朝。フレーチカが夫のそんな呟きを耳にしたのは、ホテル付近の有名レストランに朝食へと赴き、リンゴの乗ったパンケーキにこれでもかと蜂蜜をかけている最中であった。

「そ、そんなに多いですか？」

フレーチカは思わず周囲を見回しながら、恐る恐る尋ねた。

言われてみれば確かに、南国だけあって羽虫が多い。レストランの店内にも何匹か入り込んでおり、まるで虫たちに監視されている気分だ。

「そういえば、フロントマンさんに注意されたんですけれど、昨晩ホテルの周りで毒蜂騒ぎがあったそうで、かなりの数の観光客の人たちが被害に遭われたそうですよ。怖いですね」

「怖いね。でも、おれの言っている虫はそういうのじゃないから」

「え？」

「姉さんたちに寄ってくる悪い虫が、本当に多い」

アルフォンスが言う虫とは、本物の虫の話ではなかった。

ホテルを離れてレストランに向かった時点から、他国の貴族と思《おぼ》しき観光客たちがひっきりなしにシルファとベルファに言い寄っているのだ。

「ご婦人、よろしければこの後お時間空いていませんか？」

「えー、お姉ちゃんどうしよっかなー？」

「不要だ。家族で来ている」

現に先ほどから、飲み物のおかわりを注文しに席を立った途端《とたん》、シルファとベルファはひっきりなしにナンパされていた。

「ま、まあ、お姉さま方は美人ですから……」

「それにしたって多い。リゾート地だからって気に食わない」

パンケーキも咽喉を通らない様子で、アルフォンスは先ほどからずっと、明らかに不機嫌そうな態度を取っていた。まあ、姉たちがブラコンであるように彼もシスコンであるため、この反応は当然であった。

「今朝《けさ》も、シルファ姉さん宛《あて》に部屋に手紙が届いていたみたいだし」

「まさか恋文ですか？」

「中身までは知らないけど……許せん……！」

言葉を濁らせるアルフォンスだったが、今も姉たちに纏わりつこうとしている色男たちに向けられた眼差《まなざ》しはそれ以上に濁っていた。

敵意というか、殺意というか、ともかく、そうした負の感情で濁りきっていた。

それでも妻や姉たちの手前、アルフォンスがギリギリのところで自制できているのは、強引《ごういん》なナンパが今のところ一度も起きていないからだ。

これにはれっきとした理由がある。

「「……どっちがベルファ・ファゴットなのか分からない……」」

三つの周辺諸国から集まった刺客たちが今直面している問題は、皆一様に同じだった。

二人並んだシルファとベルファ、そのどちらが国から籠絡を命じられた標的なのか、彼らはまるで分かっていなかった。

二人の悪評を知る王国の当事者ならまだしも、伝聞を聞きかじっただけの隣国の者たちでは、双子の美女たちの見分け方など皆目見当がつくはずもない。例えば、ベルファは最愛の夫を喪《うしな》って以降、人前では必ず黒い服を着用するという習慣があるのだが、そういった情報も近しい者しか知らない。ならばいっそのこと二人とも口説き落としてしまえばいいとはいかないのが彼らにとってさらに厄介な問題だ。

片や、ドラゴンブラッドの持ち主。娶《めと》って本国に連れ帰れば出世確実の英雄扱い。

片や、『略奪』のギフトを持つ王国屈指の毒婦。もしも間違えてこちらを連れ帰れば、逆に諸国が有している強力なギフトが丸ごと彼女に奪われてしまう。

王国以外の国々にとっても、ホーリーギフトの価値は絶対だ。なればこそ、ギフトを永続的に奪い取るシルファの存在は、全《すべ》ての国にとって害悪でしかない。再婚禁忌指定の名は伊達《だて》ではなかった。

ベルファへの求婚を企《たくら》む諸国の貴族たちにとって、二者択一を外してシルファを選ぶことは決してあってはならない、まさに確率二分の一のルーレットのハズレというわけだ。

「そこのご婦人、もしよろしければ私とも……」

「お姉ちゃんのことー？」

「ええと、先にお名前をお伺いしてよろしいでしょうか……？」

しかし、だからと言ってナンパが絶えるわけではない。

「キッ！」

ついに我慢の限界を迎えたのか、殺意が溢《あふ》れ出んばかりのアルフォンスの不機嫌な視線が、ナンパ中のイケメンたちを次々と射抜いていく。『愛の力』の恩恵で威力を増した眼力は最早《もはや》睨《にら》みつけるだけで容易に相手を失神に追い込むほど。とはいえ、突然バタバタと店内で気絶していくイケメンたちの姿に、当然ながら店員たちも大慌てだ。

「ちょ、ちょっとアルフォンス、いくら何でもやりすぎじゃ……」

「フレーチカは優しいね。でも生ぬるい。うちの姉に手を出すことの愚かさを、あいつらに教え込んであげないと」

妻の前ではデレデレと相好を崩すアルフォンスだったが、目が笑っていない。

「あはは……パンケーキ食べないんですか？」

「うん。気分的にそれどころじゃなくて」

「なら食べちゃいますね」

いつの間にか自分の分はぺろりと平らげていたフレーチカが、先ほどから手つかずのままのアルフォンスのパンケーキへとフォークを伸ばす。

「アルくん、フレーチカちゃん、そろそろ水着買いに行こっかー？」

「まったく、こう騒々しくてはおちおちドリンクすら頼んでいられないな」

「分かった。じゃあフレーチカが食べ終わったら――」

「もうごちそうさましました」

「もう⁉」

こうしてアルフォンスたちは食事を終え、店頭で家紋を見せて家名と宿泊先を伝えただけで店を出ていく。

貴族たる者、ブルーベリー売りの屋台相手ならともかく、店頭でいちいち財布を取り出して会計を済ませはしない。

リゾート滞在中の買い物は全て家名の名義でツケ払い、後で店から宿泊ホテルに請求してもらい、一括で支払うのが基本だ。

もちろんツケを踏み倒すような貴族はいない。家の面子《めんつ》と名誉をなにより大事にする貴族として、家名に傷がつく真似《まね》は出来ない。やれば末代までの笑い種《ぐさ》だ。

アルフォンスたちもカジノで手に入れた大金の大部分をホテルに預けており、今は手ぶらでリゾート地での買い物を満喫している。

一同がまず向かったのは、水着の販売店であった。

せっかく水晶海岸に来たのだし、予算の問題も大幅に改善されたので、アルフォンスたちはプライベートビーチを借り切り、午後に海水浴の予定を立てていた。そのために水着が必要となったわけだ。

その道中。

「あ、ちょうちょ」

宝石で舗装された大通りを進むアルフォンスたちのもとへ、サファイアブルーの翅《はね》を持った一匹の蝶《ちょう》が、ひらひらとやって来た。

フレーチカが手を伸ばすと、青玉の輝きを帯びた蝶は、彼女の人差し指を止まり木の代わりに用い、その翅を休める。

「見てくださいアルフォンス、とっても可愛《かわい》いです！」

「うん、可愛いね。フレーチカのほうが可愛いけどね」

「ま、アルフォンスったら」

アルフォンスとフレーチカは、何故《なぜ》か怪訝《けげん》そうに蝶を見つめるシルファを尻目《しりめ》に、まったくの無警戒でバカップルめいた会話を楽しむ。

「どうしたシルファ、先ほどから度々難しい顔をして」

「んー、色々ねー」

ベルファの問いかけにシルファは言葉を濁し、眉《まゆ》をひそめて周囲をぐるりと見回す。

そうして、一行が水着販売店に到着し、店の扉を潜った途端。

「いらっしゃいませ」

店員の格好をして何食わぬ顔で現れたのはサーティーンだった。

プライベートビーチの予約情報を事前に摑《つか》んだチェキララに命じられ、店員に扮《ふん》してアルフォンスたちを待ち構えていたのだ。

「あの、きのうカジノにいらっしゃいませんでした？」

シルファとベルファが意気揚々と店内に散っていく中、サーティーンの顔をまじまじと眺めながらフレーチカが尋ねた。

「他人の空似でしょう。南国ですので髪を纏《まと》める者や肌を日に焼いた者も多いですから」

「そうなんですか」

「そうなんです」

　するとそのとき、フレーチカの指にくっついていたサファイアブルーの蝶がひらひらとサーティーンの肩に移動し、まるでその耳元に囁《ささや》くように翅《はね》を震わせた。

「では奥方様、水着をお探しのご様子ですね、当店自慢のこちらなどいかがでしょうか？」

　蝶からの指示を受けたかのように、サーティーンはフレーチカに一着の水着を手渡す。

　海辺の観光都市だけあって、独自発達した縫製技術で作られた水着が何着も売られている。

　当然、貴族向けの価格設定になっていたが、今の懐《ふところ》具合ならば値の張る水着の中からでも自由に選べる余裕があった。

　だが、サーティーンが取り出したのは、布面積が極めて乏しいセパレーツ型の大胆なデザインな真っ白の水着だった。

「なななななんですかこの破廉恥な水着は⁉　こんなの着られませんよ⁉　だいたい濡《ぬ》れたら透けちゃうじゃないですか⁉」

「何をおっしゃいます奥方様。これを着て海岸で陽射《ひざ》しを浴びれば、愛《いと》しの旦那様の視線も釘《くぎ》付けのご様子間違いなしです。それに、多少透けた方が悩殺できます」

「悩殺なんてしません！」

　憤慨しながら、地味で当たり障りのない水着を手に取って逃げ出すフレーチカ。

「チッ」

その背を見送りながらサーティーンは舌打ちをこぼした。蝶を通じてチェキララからアルフォンスとフレーチカの仲をより親密にさせろと指示を受けたのだが、いささか勧めた水着が際《きわ》どかったために逆効果だったようだ。

「ふむ、私はそのくらい大胆でも構わないが、透けるのは困るな。同じデザインで別の色はあるか？　そうだな、黒があると良いな」

すると今度はベルファが現れ、蝶は再びサーティーンの肩で翅を動かす。

「お客様には、こちらの水着がよろしいかと」

次にサーティーンが選んだのは、首から下の全身を包むタイプで、柄は縞《しま》模様、端的に言うならクソダサ水着だった。

「なんだこれは！　こんなものが着られるか！」

これも、ベルファに声をかけようとする者を減らすために敢《あ》えてダサい水着を勧めろというチェキララの指示だったのが、当然ベルファは却下した。

「我が弟の視線を独占できるくらいの水着を寄越《よこ》せというのだ！」

「あー！　ベルファずるーい！　お姉ちゃんもアルくんの視線を独り占めしたーい！」

「いや奥方様を差し置いて視線を集めちゃダメでしょ……」

サーティーンは呆《あき》れたようにそう言ったが、シルファとベルファはお互い競い合うように露出度の高い大胆な水着を選び始めた。

こうなっては手に負えないと、サーティーンはその場を避難し、ため息をこぼす。

「……あの、もう少しだけ、その、ちょっとでいいんで、可愛らしいのってありますか？」

そんな中、先ほど地味目の水着を持って逃げ出したはずのフレーチカが戻ってきて、真っ赤《まっか》な顔のままサーティーンへと小声でそう尋ねた。

アルフォンスの視線を我が物にしようとする姉たちに危機感を持ったのだろう。当たり障りのないデザインの水着では対抗できないと思い、勇気を振り絞って店員のもとへと引き返してきたのだ。

瞬間、サファイアブルーの蝶が、何やら感極まった様子でテンション高く翅を広げて舞い上がり、まるで自ら水着を選ぶかのように店内を飛び始めた。

「もちろんでございます。今度こそとっておきのものを選ばさせていただきます」

サーティーンは恭しくフレーチカに一礼すると、蝶に誘われるように、露出度とは別の手段で異性の目を惹《ひ》きつけられる可愛い系の水着が集められたコーナーへ彼女を案内する。

こうして見れば、水着選びも女性陣にとっては楽しい観光の一環だろう。

「男性用水着って悩めるほど選択肢多くないんだよな……」

一方のアルフォンスは、限られた数点の男物の中から自分用の水着をすでに選び終えており、姦《かしま》しく買い物を楽しんでいる女性陣を尻目に、ぼんやりとあくびをこぼしている。

そのまましばらく待っていると、やがて女性陣も意中の水着を選び終えた。もちろんこの場もツケ払いだ。

「アルくん、お姉ちゃんの水着楽しみにしててね?」

「いいや。私の水着姿には敵《かな》うまい」

「……」

姉たちが何やら対抗意識を燃やし合っているのを尻目に、フレーチカは買った水着の入った布袋を、何やらもじもじとした様子で抱え込んでいる。

「フレーチカはどんな水着を買ったの?」

「えと……ないしょです」

アルフォンスがそう尋ねるも、フレーチカは頬《ほお》を赤らめて俯《うつむ》いたまま、目を合わせようとはしない。

「お買い上げありがとうございます皆様。当店ではビーチまでの貸し切り馬車もサービスとして運行させていただいております。ぜひともご利用くださいませ」

会計後、サーティーンは店の軒先に待機させておいた馬車へと一同を誘導した。

「へー。やっぱり観光地だけあってサービスが良いんだな」

アルフォンスたちにしてみれば願ったり叶《かな》ったりなので、乗車に躊躇《ためら》いはない。

もちろん、実際はここまで気の利《き》いたサービスを行っている店ではない。プライベートビーチまでの道のりで各国のナンパ師との遭遇を回避すべく、これまたチェキララが事前に用意しておいた馬車であった。

「それじゃあ、プライベートビーチに向けて出発ぅー！」

シルファの掛け声を合図に、貸し切り馬車は、宝石で出来た石畳の大通りを進み始める。

「至れり尽くせりとはまさにこのことだな。やはり財力は金で解決できる範囲ならば大抵のことを解決してくれる」

ベルファは、まさか自分に群がるナンパ師を排除するための措置とは夢にも思っていない様子で、座席に身を預けてくつろいでいた。

と、そのとき。

「そこの馬車、相席よろしいですか！」

「こちらもよろしいか！」

「俺《おれ》も俺も！」

通りの各所に潜んでいたと思しきイケメン貴公子たちが我先にと馬車へ群がり始めた。ベルファに近付くチャンスを窺《うかが》っていた各国の刺客たちが一斉に接触してきたのだ。

「すいませんこの馬車貸し切りなんですよ」

しかし、御者はまったく取り合う素振りを見せず、馬を止めることなく走らせ続ける。

「そこをなんとか！」

「そこはなんとかならないんですよ」

　慌てて追いすがろうとするイケメン貴公子たちだが、御者は意に介さず、馬車の速度を上げて彼らを引き離していく。当然この御者も、その正体はチェキララの指令で御者役を担っているブリジェス直属の課報員《ちょうほう》の一人である。馬車を止める道理はない。

「金！　金なら言い値を払うぞ！」

「待ってくれ、車輪に服が挟まった！」

「止まれ！　いいから一度止まってくれ！」

　それを知らない周辺諸国の刺客たちは必死の形相で馬車にしがみ付こうとするも、はね飛ばされたり車輪の動きに巻き込まれて引き摺《ず》られたりしている。

「……アルフォンス、なんだか外が騒がしくありませんか？」

「そうだね。楽しみだね」

　不思議そうに首を傾《かし》げるフレーチカだったが、彼女の席からでは窓越しに外の景色を確認することは出来ない。そしてアルフォンスは妻のまだ見ぬ水着姿に想《おも》いを馳《は》せすぎていて、最初から車外の悲鳴など耳にも入っていなかった。

「おいおい御者殿、これ完全に人を轢《ひ》いているぞ？　止まらなくていいのか？」

「ハハハ、いつものことです。このリゾートじゃよくあるんですよ、見目麗しいご婦人方を見かけたらあの手この手で言い寄ろうとする輩《やから》が。皆様も重々お気を付けてください」

さすがのベルファも気の毒そうな顔で御者に声をかけたが、そこはさすがのブリジェス直属諜報員、動じることなく今も他国の刺客たちを引き摺り回している。

「クソッ、止まれと言っているだろ！」

だが、さすがに馬車の正面に人が飛び出してくると話は変わってしまう。

御者は当たり屋など気にせず轢き逃げするつもりだったが、突然のことに馬が驚き、その足を止めてしまったのだ。

「や、やっと止まってくれた……」

馬の前に飛び出し、その蹄《ひづめ》に脳天を踏み潰《つぶ》されかけた貴公子が、ホッと胸を撫《な》で下ろす。

馬車が通った後には轢かれた犠牲者たちがボロ雑巾《ぞうきん》のように死屍累々《ししるいるい》と転がっており、誰《だれ》もが息も絶え絶えの有様である。

「だいじょうぶ？　ケガしてない？」

そんな中、痛ましい姿で転がる犠牲者たちを不憫《ふびん》に思ったのか、馬車の中から一人の美女が姿を現した。その拍子に翻《ひるがえ》る真紅の髪と、輝く美貌。

よくよく見れば彼女の視線は美男子たちでなく馬に向けられていたが、赤髪の美女の姿を目にした途端、無残に転がっていた刺客たちは瞬時に回復し、彼女の足元に殺到する。

「お気遣い感謝致します！　あなたの看病があればどんな怪我《けが》もたちまち治りましょう！」

「なんという美しさ！　ご婦人、私とお茶などいかがですか！」

「貴様抜け駆けするな、俺が先だ！」

「お嬢さん、良ければお名前を！」

そして全員、標的を口説き落とす足がかりを作るべく美女へと手を伸ばし、何人もの乙女たちを陥落させてきた自慢のイケメンスマイルを揃《そろ》って浮かべた。

「名前？　お姉ちゃんの名前はねぇ、シルファだよ？」

だが次の瞬間、美女が朗らかに告げた名前に、イケメン全員が顔を硬直させた。

過ちを悟った彼らは正直に口を開く。

「すいません、人違いでした」

無論、それを許すようなシルファではなかった。


ちょうどその頃。

「求婚相手を見誤るなんてあり得ませんわ！　わたくし許せません！」

遠く離れたホテルの一室で成り行きを見守っていたチェキララが、中継映像を前に怒りの声を上げる。

「シルファ様とベルファ様の見分けもつかないような方々がベルファ様に愛を囁くだなんて、わたくし到底受け入れられませんわ！　万死に値しますわ！」

映し出された映像では、すでにナンパ師たちはシルファの攻撃呪文を喰《く》らって万死と呼んでいい有様になっていたが、それでもチェキララの気は晴れなかったようだ。

「しかしチェキララ様、見た目だけでは俺たちにも見分けがつきません」

そんな中、サーティーンの部下が正直に申し出た。

「お顔やお話の雰囲気はお可愛いけれど実は恐ろしいのがシルファ様、凛々《りり》しくお厳しいけれど実はお可愛らしいのがベルファ様ですわ」

チェキララが端的にそう説明したが部下たちはますます分からない。垂れ目と吊《つ》り目の若干の違いを指摘したほうがまだ共感を得られただろう。

「わたくし、アルフォンス様との長年の婚約が破棄になった際、ベルファ様からは今後も弟と仲良くしてあげてくれと言っていただけましたが、シルファ様からは、一度弟を捨てた女が我が家の門を潜る日は永遠に来ない――と、お手紙を頂戴しましたもの。この言いつけを破れば、おそらくわたくしの命はありませんわ」

心なしか青い顔でチェキララは言った。

シルファの言いつけが本気か冗談かは、今しがた中継映像に映っていた無残な光景を見れば疑う余地はなかった。

「……しかし、冷静に考えれば、周辺諸国の方々にシルファ様とベルファ様の見分けがつかないのは王国にとっては幸運ですわね」

そうして、落ち着きを取り戻したチェキララが言葉を続ける。

「なにせシルファ様の『略奪』は、彼らにとっても最悪のギフトですもの。諸国の方々も迂闊《うかつ》にベルファ様にお声をかけられないでしょうし、慎重になってくれれば良いのですけれど」

チェキララが考え込んでいるうちに、サファイアブルーの蝶の視点経由で今も中継が続いている映像の中のアルフォンスたちは、ようやくビーチに到着した。

どこに他国の刺客が潜んでいてもおかしくないので、中継は一行が更衣室へ移動した後も続いた。だが、当然ながらフレーチカたちの着替えを同性以外に見せるわけにはいかないので、チェキララはいっしょに監視していた男性陣を部屋から追い払った。

「ただいま戻りました、チェキララ様。途中の道で凍らせたブルーベリーが売っていたので、お口に合うようでしたらどうぞ」

「お帰りなさいサーティーンさん。ありがとうございます、いただきますわ」

そのとき、水着販売店から帰還したサーティーンが入れ違いになる形でロイヤルスイートへと戻ってきた。

アルフォンスが男性更衣室で着替えるところを監視させられている室外の部下たちの恨みがましい視線を余所《よそ》に、サーティーンは買ってきたブルーベリーをクリスタルガラスの皿に涼やかに盛り付けると、それをチェキララのもとへと給仕する。

「んー、甘酸っぱくて美味《おい》しいですわね。サーティーンさんもいっしょに食べましょう」

「ではお言葉に甘えまして」

女子更衣室の監視も続けているが、不審な人影はまったくない。

二人がブルーベリーに舌鼓を打っている間に、ファゴット家女性陣は水着への着替えを終え、更衣室から出て浜へと繰り出す。

「これは予想外ですわ！」

「何が予想外なのですか？」

突如としてチェキララは中継中の監視映像を食い入るように見つめ、伯爵令嬢のたしなみを忘れたかのように大きく声を荒らげた。

彼女の視線は映像の向こう、眩《まばゆ》い白浜を抜けた先、青い宝石をちりばめたような水晶海岸の海を背にした、フレーチカたちの水着姿へと注《そそ》がれている。

「チェキララ様？　何か緊急の事態が？」

「シルファ様の水着がお可愛らしい黄色のセパレートとは予想外でしたわ！　わたくしてっきり普段のドレスのようにセクシーな赤で攻めるのかと愚考しておりましたもの！　額の上のサングラスもファッショナブル！　総じて可憐《かれん》！　早くも百点が出ましたわ！」

手に汗握る勢いでチェキララが叫び、サーティーンは頭を抱えた。

映像に映るシルファが着用しているサングラスも、水晶海岸の宝石加工技術で作り出された一品だ。まだ王国内では広く知られていない装飾品だが、いち早く目をつけたあたり、シルファには流行の先端を行くセンスがあるのだろう。

「ベルファ様の水着はピンクと黒のツートンカラー！　亡き王子殿下を偲《しの》んで人前ではいつも喪服のような黒いドレスをお召しになられるベルファ様ですが、家族だけの貸し切りの渚《なぎさ》でなら華やかさを伴いたいという女性らしいお気持ちがお察しできますわ！　腰に巻かれたパレオも淑《しと》やかな雰囲気を見せていてこちらも百点！」

さらに吼《ほ》えるチェキララ。彼女の言う通り、ベルファにしては珍しく黒一色ではなくピンクの差し色が入った衣服を着用している。やはり家族揃っての旅行ということで、若干肩の荷を下ろしているのだろう。

「そしてアルフォンス様……まあ、男性用の水着は選択肢が限られますものね。フォーマルを外しても奇をてらうだけですし、男性の格好は普通が一番ですわ。はい次」

男性の水着姿には一切《いっさい》興味がないのか、アルフォンスに対しては急に冷静になり、あっさり流して次に行くチェキララ。元婚約者とはいえいささか塩対応ではあったが、彼女にとっては次が本命なので仕方ない。

「最後はフレーチカ様！　わたくしコーディネートを任された身として全身全霊をかけて最高の水着を選ばさせていただきましたわ！　なんと言っても色はやはり水色。キュートでクール、爽快かつ清純、シルファ様やベルファ様が好まれる暖色系とは対照的に、寒色系を選ぶことでアルフォンス様に対するアピール力もアップ！　水着の胸元《むなもと》の白いリボンの愛らしさもさることながら、事前に用意しておいたマニキュアとペディキュアでお色気も演出！　隙がない！我ながら隙がないですわ！　自画自賛でごめんあそばせ！」

チェキララはガッツポーズとともに咆哮《ほうこう》した。

爪《つめ》化粧はこの世界において特に珍しい文化ではない。爪の染色の歴史は古く、千年前にドラゴンたちが己《おのれ》の爪を装飾する際に用いた、爪紅《つまべに》と呼ばれる習慣を発祥としている。ドラゴンにとって爪紅は、人間で言うところの口紅のようなオシャレであった。

フレーチカの指を飾る爪紅の色は、チェキララのドレスと同じ、深い群青色。水晶海岸で採れるラピスラズリをふんだんに砕いて作った塗料を元にした、贅沢《ぜいたく》な化粧品である。もちろん値段も張るが、これはチェキララがわざわざ自腹を切って、水着販売員に扮していたサーティーンに店頭支給品と偽らせて間接的にフレーチカに贈っておいたもの。彼女は推しのためならば金銭を湯水のように使えるタイプであった。

「チェキララ様はご病気です」

狂乱するチェキララを前に、サーティーンは素直な感想を口にした。

「しかし、わたくしは悔しいッ！」

そんなサーティーンの冷めた声も届かない様子で、急にチェキララは号泣しながらその場に崩れ落ちてしまった。

「こんな美しい光景を覗《のぞ》き見させていただきながら、今この瞬間の眼福だけで満足することが出来ず、この映像を永遠に残したいと思ってしまっておりますの！　何の手だてもないまま刻一刻と失われていく一分一秒に対して何も出来ないのがわたくしは悔しいのですわ！」

「……チェキララ様が何をおっしゃっているかよく分かりません」

「ですから！　サーティーンさんが魔法で中継していらっしゃるこの尊い映像をですね、今後いつでも好きな時に何度でも見られるよう、本のように綴《つづ》って後世に残したいのですわ！」

チェキララは激しい身振り手振りとともに必死で想いを伝えようとしているのだが、サーティーンには彼女が何を言わんとしているか理解が及ばない。

するとチェキララは皿に盛られたブルーベリーを指差し、言葉を続ける。

「このブルーベリーだって、魔法で氷漬けにすることで長期保存が出来ますわよね？　こんな感じで中継映像を長期保存……いいえ『永久保存』することは出来ませんの⁉」

期待にキラキラと瞳《ひとみ》を輝かせてチェキララは訴えた。

しかし、この世界のこの時代、当然ながら『録画』という概念は存在していない。

チェキララの発想はあまりに先進的であり、聞く者が聞けば、あるいはこの瞬間に魔法による技術革新が始まっていたかもしれない。

「いや、無理ですよそんなの」

「悔しいいいいいいいいいいッ！」

だが、心無いサーティーンの一言で、魔法技術の革新が訪れる瞬間は大幅に遅れることが決まってしまった。チェキララはせめて、ファゴット家の海遊びの光景を己の網膜に刻み込むべく、大粒の涙をこぼしながらも目に焼き付けようとする。

「永久に保存？」

そんな中、サーティーンはふと呟いた。

彼女はクリスタルリゾートでの任務に就いて、随分と日も長い。街のどこかでそんなフレーズを聞き知ったような記憶があったのだが、それが何にまつわる逸話で、どういう経緯で耳にしたか、まったく覚えがなかったのだ。

「まったく、昆虫標本じゃあるまいし」

美しい昆虫たちを美しいまま永遠に残す――幼い夫が無邪気に興じている趣味を思い出し、彼女はほんの少し、柔らかな笑みを浮かべた。


「どうしたのフレーチカ、急に寒気を感じたような顔をして。海の水が冷たかった？」

「いえ……なぜか妙な悪寒がですね……」

ともに海遊びに興じていたアルフォンスがフレーチカを気遣った。

二人は今、浅瀬で軽い水かけ遊びの最中だ。

シルファとベルファも先ほどまでいっしょに遊んでいたのだが、急に姉妹で水泳競走がしたくなったと言い出し、あさっての方角へ向けてとてつもない速さで泳ぎ去ってしまった。

まるで前世は人魚かと言わんばかりに華麗な泳ぎを見せた姉たちの姿に、フレーチカも刺激された様子だったのだが――

「すいません、アルフォンス。わたし、海を楽しみにしていたくせに、自分がカナヅチだってことすら知らなくて……」

恥ずかしげにフレーチカは言った。

幽閉同然の王宮暮らしが長かった彼女は、当然ながら水泳の稽古をする機会には恵まれなかった。自分が泳げないという自覚すら、つい先ほど気付いたばかりの話だった。

「お姉さま方はあんなに優雅に泳がれているのに、わたし情けないです……」

「まあ、うちの家はファゴット湖に近かったから、おれも子どもの頃は姉さんたちに連れられてよく水遊びに付き合わされたり泳ぎの訓練をさせられたりしていたからなぁ」

「わたしも、あのくらい速く泳げたら気持ち良いんでしょうね」

どこか拗《す》ねたような面持ちで、フレーチカは波打ち際でちゃぷちゃぷ水を蹴《け》っていた。

「よし」

そんな妻の姿を見、急にアルフォンスはその場にしゃがみこむ。

「フレーチカ、おれの背中に摑まってみて」

「え？　どうしたんですか、急に」

「いいからいいから。腕も前に回してがっちり組んで、ちゃんとしがみ付いておいて」

言われた通り、フレーチカは遠慮がちながら伸《の》し掛かるようにアルフォンスの背中に抱きついた。おんぶの体勢だ。

「じゃあ、行くよ！」

その際、フレーチカの豊満な胸が潰れんばかりにアルフォンスの背筋にみっちりと押し当てられ、思わず互いに赤面してしまう二人だったが、気を取り直して海中に潜る。

そして次の瞬間。

アルフォンスは背中にフレーチカをおんぶしたまま、猛然と泳ぎ始めたではないか。

「あああアルフォンス⁉」

「喋《しゃべ》っちゃ駄目、舌噛《か》まないでよ！」

どんな体力自慢や泳ぎ自慢でさえ、人間一人分の余計なウェイトを抱えた状態で水泳に興じるのは困難だろう。水中での重量負担は並大抵のものではない。

だが、『愛の力』の恩恵で超人的な身体能力を有するアルフォンスは別だ。

カナヅチのフレーチカを背中に乗せながらでも、今のアルフォンスは高速で海中を回遊するシャチのように自由自在かつダイナミックに泳ぐことが可能だ。

「バタフラ愛ッ‼」

突然の叫びとともに水面を強烈にバウンドし、アルフォンスは周囲に大量の水飛沫《しぶき》を上げながら豪快な泳法で煌《きら》めく海を進んでいく。

「バタフラ愛ッ⁉」

思わず叫び返すフレーチカだったが、その悲鳴はすぐにも、体ともども水中へと引き摺り込まれた。

「ぷはっ、ちょっとアルフォンス、速すぎますっ！」

再び水面に顔を出した途端、そう非難の声を上げたフレーチカだったが、台詞《せりふ》の内容に反し、その顔はまるで幼い子どものように満面の笑みで彩《いろど》られている。高速で水面を飛ぶように移動する初めての体験が、あまりに爽快すぎて。

「振り落とされないよう、しっかり摑まって！」

「はいっ！」

さらに密着する体勢となったが、今のフレーチカはもう恥ずかしさなど気にしていない。決して離されまいと夫の体を強く抱き締め、アルフォンスもまた、妻の信頼を背中に強く感じながらさらに速度を上げていく。

そうして二人は一際《ひときわ》高くバタフライジャンプしたかと思うと、すぐさま、ざぶんと海中へと勢いよく深く潜水。ジャンプの余波で高く舞い上がった滴は、太陽の輝きを反射し宝石のように輝いていた。

そんな夫婦の様子を、同じ海で遠巻きに見物していた人影が二つ。競走を途中で切り上げ、頭を赤いクラゲのように海面に浮かべていたシルファとベルファだ。

「ふふ。良い光景じゃないか」

「いいなー、フレーチカちゃん羨《うらや》ましー。お姉ちゃんもアルくんにあれやってほしいなー」

「私とて我慢している、自重しろシルファ。せっかく気を利かせてアルフォンスたちが二人きりで遊べる時間を作ったのに」

指を咥《くわ》えんばかりのシルファの物言いに、ベルファはその場で立ち泳ぎを続けながら苦笑いを浮かべる。

ところがそのとき、楽しげな弟夫婦の姿をほほえましそうに眺めていたシルファとベルファのもとへ、何艘《そう》ものボートが大挙して押し寄せてきた。

それらのボートに乗っているのは大方の予想通り、水着姿の諸国の貴公子たちだ。

「おやご婦人、こんなところでお会いするとは奇遇ですね」

「いかがでしょう、こちらのボートで一休みされては」

「いやいや、ここは私めのボートで」

ファゴット家が遊泳に興じているこの機に乗じ、ナンパ目的の刺客たちはなりふり構わずビーチのルールも無視して強引に迫ってくる。

「おい貴様たち、ここはプライベートビーチだぞ。しつこいで済む限度を超えているとは思わないのか？」

無断で侵入してきたボートの群れを前に、ベルファの眉が吊り上がった。

と、そのとき。

不意に、ボートの群れが密集している海域がゆっくりと揺れ始める。

まるで海底に棲《す》む巨大な怪物が胎動しているかのような、不気味な揺れ方だった。

見る見るうちに周囲の海水が渦巻き、穏やかだった波は荒れ、水面は海の底にボートを引き摺りこむかのように渦潮を作り出していく。

「何だこれは⁉」

「クラーケンの仕業か⁉」

「宝石竜ユーヴェリアの祟《たた》りか⁉」

次々と操舵《そうだ》不能に陥《おちい》り始めるボートの群れの船上で、貴公子たちの慌てふためく悲鳴が飛び交う。

そんな中、全てのボートを海底に呑《の》み込《こ》もうとする巨大な渦潮の中央から、この異常事態を引き起こしている元凶が姿を現した。

「姉さんたちに群がる虫ケラどもめ、海の藻屑《もくず》となるがいい……！」

アルフォンスだった。その背には今も所在なさげにフレーチカが引っ付いている。

二人の姉たちをナンパしようとする不埒《ふらち》者に裁きを与えるべく、超人的なバタ足だけで渦潮を生み出していたアルフォンスは、まるで海の亡霊のように犠牲者たちを次々に海中へ引き摺り込んでいく。

もちろん同じ海域にいるシルファとベルファも蟻《あり》地獄に捕らわれるように渦へと引き込まれ、その中心へと吸い込まれていったが、彼女たちに関してはフレーチカを背負ったままのアルフォンスが空いた両腕を伸ばして救い上げていた。

「あはは、アルくんたらスケールおっきぃー」

「まったく、我が弟ながら無茶をする」

はしゃぐシルファとベルファを尻目に、渦の中心で女子三人を支えながらバタ足し続けているアルフォンスの怨念は、プライベートビーチに無断侵入したボートの群れが海面から完全に一掃されるまで晴れることはなかった。

こうして、チェキララたちが秘密裏に手を下すまでもなく、アルフォンスによるナンパ師の排除は完遂された。

「……わたくしたち、こんな楽をさせていただいてよろしいのかしら?」

その光景をロイヤルスイートの一室で監視していたチェキララはというと、すっかりヒマになった様子で、サーティーンを始めとしたブリジェス配下の諜報員たちとともに、テーブルに紅茶とお菓子を並べて見物に興じている。

「なんなんだあの男は!」

「任務の邪魔にも程があるぞ!」

「これでは皇帝陛下の命令を果たせない！」

一方、ボートが難破し海に投げ出され、渦潮に巻き上げられた挙げ句、遠く離れた砂浜にゴミのように打ち上げられた周辺諸国のナンパ師たちは、相次ぐ任務妨害に音を上げていた。

ただでさえシルファが邪魔で安全にベルファを口説くことが出来ない状態なのに、今度はその弟のせいで二人に近付く機会さえ潰され、さらにはチェキララたちの暗躍もあって昨晩から脱落者が続出している。

彼らは美男子揃いの貴公子たちではあったが、ベルファを口説き落とすためだけに各国で選別されただけあって、そのほとんどが未婚者だ。当然ホーリーギフトはなく、実力行使という点では対抗手段がなかった。

「こうなっては仕方ない……」

「これは最後の手段と思っていたが……」

「他国にドラゴンブラッドを奪われる前に手を打たねば」

かくして帝国、連合国、共和国の刺客たちは、国を跨《また》いで同調したわけでもないのに、同じ結論へと辿《たど》り着く。

「「「――ベイン一族に暗殺を依頼しよう」」」

第四章

竜殺しの暗殺夫婦

大陸には、多くの法治国家が存在している。アルフォンスたちが暮らす王国や、それを取り巻く周辺諸国もそうだ。

だが、そんな国々の権力と武力であっても、容易に手出しが出来ない勢力が存在する。

古きドラゴンスレイヤーの末裔《まつえい》、ベイン一族だ。

かつて千年前、美食竜エイギュイユは己《おのれ》以外の全《すべ》ての竜を屠《ほふ》るべく、ホーリーギフトと呼ばれる力を授けて人類と共闘した。その際、エイギュイユとともに人類の先頭に立って世界各地のドラゴンを狩り殺した戦士たちはドラゴンベインと呼ばれ、当時の人類側の最高戦力とされ、世界を救う勇者として称賛された。

しかし、竜の絶滅後は逆にそのあまりに強大な力を疎まれ、救ったはずの同じ人間たちに排斥され、隠れ里に身を潜めるようになった。

その後は、彼らもまた王侯貴族たち同様、古来より名のある優秀な武芸者を婿や嫁に迎え、ギフトの力と戦闘の技を磨き、生まれながらに強靭《きょうじん》な肉体と戦闘力を誇る一族となっていく。

いつしか竜殺しの勇者の末裔は、傭兵《ようへい》や暗兵として何度も歴史にその名を残すようになり、現代では一族総出で暗殺稼業を生業としている。まさに生粋の戦闘集団だ。

各国の権力者たちはベイン一族との通信魔法のパイプを今も持っており、報酬次第で彼らはどんな依頼でも即日請け負ってくれると言われている。

ただ、暗殺を依頼するにあたって一つ条件がある。一族の者が守るだけでなく、依頼者側も呑《の》まなければならない、ベインの鉄の掟《おきて》が。

「もぉー、まーた掟のこと気にしてんの？」

水晶海岸へと向かう街道沿いに、街を徒歩で目指す少女が言った。

今はもう夕暮れ。青い海もオレンジに染まっている。

「掟は絶対だ」

少女の後ろをゆっくりと歩く青年が言った。

二人の年齢はともに十代後半といったところか。もしかすると青年のほうは、アルフォンスと同じ十六歳くらいかもしれない。

だが、その身に纏《まと》った雰囲気はアルフォンスと歴然の差がある。

銀髪、銀の瞳《ひとみ》、そしてこの地には不釣り合いな、日焼けを知らぬ白い肌。整った顔つきは今は無表情で、目つきは鋭く冷たい。格好も全身黒ずくめのコート姿だ。

昼間に見れば陰気な不審者で済むかもしれないが、夜間に遭遇すれば命の危険を感じざるを得ない、血の臭いや殺気を漂わせていても違和感のない、そういう類の美青年だった。

「ダイジョーブだって、アタシ絶対負けないから。だってほら、自分で言うのもなんだけど里でも指折りの実力者でしょ？」

一方、連れの少女の印象は、青年とは真逆だった。

髪や瞳の色も肌の白さも青年とまったく同じだが、纏う雰囲気は底抜けに明るく、大胆な薄着と革サンダル、旅行鞄《かばん》という出《い》で立ちも、どこからどう見てもリゾートの観光客だ。

「軽口を叩《たた》くな、オデット」

「ジーク君が堅物なだけでしょ」

オデットと呼ばれた少女は膨れっ面で足を止め、後方にいる青年の腕を取って抱きついた。

「……その呼び名はやめろ。あとベタベタするな、鬱陶しい」

ジークと呼ばれた青年は、足を止めることなく歩き続けたまま、冷めた声でオデットを邪険に払い除《の》ける。

「扱いひどーい。でも、そんなつれないところも好き♥」

オデットはまったくめげる様子もなく、再度お互いの腕を絡《から》み合《あ》わせた。

さしもの青年も観念したのか、今度は払い除けたり突き飛ばしたりすることもなく、仕方なさそうに甘んじて受け入れる。

青年の名はジークフリート・ベイン。

少女の名はオデット・ベイン。

銀の髪と瞳はベイン一族の生まれに多く見られる特徴であり、両者の左の薬指には、同じデザインの結婚指輪が嵌《は》められていた。

「仕事の手筈《てはず》はいつも通りだ。オレが男を始末する。女はお前が始末しろ」

「だからって他の標的の顔を確認させてくれないのはヤバいって。ちょっとくらい見せてよ、そのアルフォンス・ファゴットって男の顔ー」

「必要ない」

そんな言い合いをしているうちに、二人は入域管理の門前へと到着した。

「アタシたち、新婚夫婦でーす♥　念願のハネムーンでーっす♥」

ジークフリートの腕に抱きついたまま、管理官へとオデットはお揃《そろ》いの指輪を見せびらかせつつ、嬉《うれ》しげに笑いかけてみせた。本人としては愛想笑いのつもりなのだろうが、愛嬌《あいきょう》が良すぎてとてもそうは見えない。

「はしゃぐな。遊びに来たわけじゃない」

不機嫌そうにジークフリートはオデットを睨《にら》みつける。

そもそも二人が新婚夫婦なのは事実だが、クリスタルリゾートを訪れたのは旅行が目的ではない。

「あの、ここに来るまでの間、巨大な化け蟹《がに》に襲われませんでしたか？」

「わけの分からないことを言うな。さっさと通せ」

管理官は何か気がかりになっていることがあるかのような物言いだったが、ジークフリートたちからするとあまりに頓珍漢な質問だったので、取り合ってすらもらえなかった。

こうして、ベイン一族の暗殺者夫婦は、何事もなく街中への入場が許された。

二人を最初に出迎えたのは、沈む夕陽《ゆうひ》を浴びて紅蓮《ぐれん》に輝く総クリスタルの街並みにおいても、なお一際燦然《ひときわさんぜん》と輝く、巨大な一枚の鱗《うろこ》であった。

この地で狩られた宝石竜ユーヴェリアの金剛鱗《こんごうりん》である。

サイズといい分厚さといい形状といい、まるで大型の盾を連想させる。が、それこそこの鱗を盾のように持ち上げて掲げるには、屈強な成人男性が複数人必要だろう。

街の入り口の広場に記念碑として飾られた竜鱗の盾を前に、ジークフリートとオデットは揃って足を止める。

「これ、アタシたちのご先祖が倒したドラゴンの鱗なんだっけ」

「ああ。宝石竜ユーヴェリア――あらゆるドラゴンの中で最も美しいと称《たた》えられ、自身も何より美しさを好み、多くの人間を水晶に封じ込めて殺した伝説の悪竜だ」

「うっわ、おっかな」

「だが、オレは嫌いではない」

「えっ、なんでなんで？」

ジークフリートの声が少し弾んでいたので、オデットは露骨に眉《まゆ》をひそめた。

「オレたちの先祖がユーヴェリアに絶命の一撃を叩き込《こ》んだとき、かの竜は最期の言葉として『そなたたちは美しい』と言い遺《のこ》したそうだ。真に勇者であった先祖に対し、これ以上の賛辞はない。少なくとも、救われた人間たちがドラゴンスレイヤーの力を恐れ、先祖たちを冷遇したことを思えば、ユーヴェリアのほうがよほどマシだ」

「珍しく語るじゃん」

「フン」

オデットに茶化され、ジークフリートは誤魔化《ごまか》すように歩き出す。

「そういえば今回の仕事って、帝国だけじゃなく連合国の貴族や共和国の大富豪からも、同じ標的の暗殺依頼があったんでしょ?」

「そうだ」

「三人殺すだけで三つの国から依頼金の全取りが出来るなら、お婆《ばあ》ちゃんが本腰入れるのも分かるわね。当然アタシたち以外にも一族総出で動いてるんでしょ?」

彼女の言う三人とは、アルフォンス、フレーチカ、シルファのことだろう。

「長老を軽々しくお婆ちゃんなどと呼ぶな」

「でもお婆ちゃんは長老なんて他人行儀に呼ぶなっていつも言ってるじゃん」

「それは長老がオデットに甘いだけだ」

「ジーク君もお婆ちゃんの孫でしょ。アタシら従姉弟なんだし」

ベタベタ引っ付き続けているオデットに対し、ジークフリートは辛気臭い顔で言う。

「お前と結婚して以来、オレは露骨に嫌われているんだ。お前の見ていないところでは長老から害虫のように扱われている」

「えー！　なにそれひどーい！　あのクソババア殺そっか？」

陽気な表情と口調を一切《いっさい》変えず、オデットはさらりと物騒な台詞《せりふ》を口にした。

「殺すな。一族の長だぞ」

「じゃあさじゃあさ、他の皆を出し抜いて二人で標的全員殺っちゃおうよ。そしたらお婆ちゃんもジーク君のこと見直してくれるわよね」

「それは――」

妻からの提案に、ジークフリートは底冷えする銀の瞳を細め、告げる。

「元からそのつもりだ」

陽《ひ》は沈み、燃えるように夕焼けに染まっていた街並みは、その透き通る水晶細工に夜の闇《やみ》の色を映し始めていた。


ファゴット家のハネムーンもあっという間に三日目の夜を迎え、今夜の夕食は宿泊中のロイヤルスイートにディナーを運んできてもらう形で行われた。

せっかくのリゾート地、別に外食しても良かったのだが、午前中に宝石市場を散策していた際、きのうにも増してナンパの件数が多かった。当事者であるシルファやベルファは特に気にしていなかったのだが、アルフォンスが不機嫌になるのでホテルで夕食と相成ったわけだ。

海の幸をふんだんに使ったご馳走《ちそう》の数々は、当然ファゴット家全員が満足し、舌鼓を打つほどの出来栄えだったのだが――

「アルフォンス、それにフレーチカ。私とシルファはこれから、繁華街の酒場をいくつか冷やかそうと思う。少し出かけてくるが心配するな」

夕食後、シルファとベルファは街へ飲み歩きに向かうことにしたらしい。

食器を片付けるルームサービスもまだ部屋にやって来ていないというのに、いそいそと支度を済ませていた。

「そうなんですか。気を付けてくださいね」

この提案を聞き、フレーチカは自分の頬《ほお》が僅かに綻ぶのを自覚した。

夫婦二人っきりになれるチャンスを新妻に喜ぶなと言うほうが無理だろう。

なにせ新婚旅行三日目にしてフレーチカの食事量が目に見えて増えている。まるで、内にため込んだストレスと食事量が比例しているのではと疑うばかりに。

その確固たる証拠が、テーブルに積み上げられた空の皿の数である。フレーチカの座っていた席の前の皿の山は、おそらく二十をくだらないだろう。

本人もまだ無自覚なのだろうが、フレーチカの無意識的ヤケ食いの傾向を考慮したシルファとベルファは、弟夫婦に気を遣って飲み歩きに出かけることを決めたのだろう。

――が、しかし。

「じゃあおれとフレーチカもいっしょに」

当然付いていくつもりなのか、アルフォンスは早速支度を始める。

夜になれば昼間以上にさらに姉たちへのナンパが増えるはずという危惧だ。アルフォンスの予感は正しい。外敵への警戒心をこれ以上ないほど高めた結果、弟としての感覚が研ぎ澄まされているのだろう。

しかし、弟としては正しくても、夫として正しいとは限らない。

「あ……」

フレーチカが何事か言おうとした、そのとき。

「却下だ」

「ごめんねアルくん」

「たまには姉たちに羽を伸ばさせろ」

彼女が声を発するより先に、シルファとベルファが揃って弟を諫《いさ》めた。

「すぐ帰ってくるから心配しなくていいからねー」

「そういうことだ。お前たちも二人で寛《くつろ》ぐがいい」

ブラコン極まる二人にしては珍しく、シルファとベルファはアルフォンスを置いてさっさと部屋から出て行ってしまった。

「二人だけで夜の街に繰り出すとか、大丈夫かなぁ」

「お姉さま方なら間違いなくだいじょうぶとは思いますけど……」

心配性が顔を出しているアルフォンスを尻目《しりめ》に、フレーチカはキッチンでハーブティーを淹《い》れ始める。

気分をリラックスさせる香りが、ゆっくりと周囲に満ちていく。

しかし、アルフォンスのそわそわは収まらない。フレーチカがハーブティーを淹れ終えても、アルフォンスは出されたお茶を味も分からぬ様子でひと息に飲み干してしまう有様で、誰《だれ》の目にも落ち着きを欠いているのが明らか。ハーブティーの効果もまったくなかった。

「ふう」

フレーチカはというと、せっかく淹れた自分用のハーブティーが冷めていくのも気にせず、カップに手を付けようともしないまま、ため息を軽くこぼした。

「……お姉さまたちのところ、行ってきてもいいですよ」

そして、フレーチカのほうから切り出した。

「え？　でも、フレーチカに悪いよ」

「そのわたしが良いと言っているんです。許可も出しました」

姉たちのことは心配だがそれはそれとして妻のこともあり、アルフォンスは気が引けている様子だ。そんな夫の尻《しり》を叩くかのようにフレーチカは言った。

「ならフレーチカもいっしょに行こう」

「それは……いいえ、お部屋で待っています」

「でも、それだと独りで寂《さび》しいじゃないか」

「お構いなく。わたしはだいじょうぶですから」

フレーチカはそっぽを向き、ほんの微《かす》かに頰を膨らませて子どものように拗ねたが、その顔をアルフォンスに見せることはしなかった。

そんなことをしても夫を困らせるだけだと理性で理解しているからだ。

だが、いくら理性が納得ずくでも、感情が納得しているわけではない。ようやく巡って来た二人きりでハネムーンの時間を満喫するチャンスを捨てざるを得ないのだから、拗《す》ねるなと言うほうが酷であろう。

「……ふんだ、行ってらっしゃいませ」

「うん、ありがとう！　行ってくる！」

それでもやはり、少しは構ってほしくて拗ねた物言いをしたフレーチカだったが、すぐにも部屋を出て行ってしまったアルフォンスにはまるで通じていなかった。

代わりに、空になった食器を引き取りにルームサービス係の女性がやって来た。

彼女はテーブルに積まれた皿の山を驚きの目で見るも、そこはやはりプロ、すぐに接客態度を正して、フレーチカへとほほえみかける。

「当ホテルのお食事、お気に召していただけたようで何よりです」

「あの……追加注文しちゃってもいいですか？」

「えっ、ええっ？　あ、デザートですね。はい、承ります」

「違います。メニューの上から下まで一つずつ、おかわりお願いします」

「え、えええ？」

フレーチカの追加オーダーに今度こそ目を剝いて驚くルームサービス係の女性。それでも何とか会釈を残して退室していくも、動揺のあまり空の皿を回収することすら忘れていた。

その後、フレーチカはすっかり冷め切ってしまっていたハーブティーをさっさと飲み終え、洗面所で顔を洗い直し、長い黒髪を食事の邪魔にならないようポニーテールにくくり、臨戦態勢を整える。

日に日に食事量が増えていたフレーチカだったが、その実、彼女は未《いま》だ本気を出していなかった。むしろこれまでは、自分自身が夫婦二人っきりの時間を作りたがっていることに無自覚だったせいか、無意識のうちにヤケ食いの量をセーブしていたと言っても良い。

だが、先ほどの夫とのやり取りを経て、フレーチカは自分が寂しさを感じていることを自覚してしまった。

「お待たせいたしました」

元のテーブル席に座り直して待つことしばし、フレーチカのために急遽《きゅうきょ》用意された追加注文分の食事が、複数のカートワゴンとルームサービス数名がかりで部屋へと運ばれて来た。

「並べてください。すぐにいただきます」

完全に座った目つきでフレーチカは告げる。

ルームサービス係たちは、まるで怒れるドラゴンに供物を捧《ささ》げるかのように、緊張の面持ちでテーブルにご馳走《ちそう》を並べていく。

そして、自分たちの仕事を終えると、またしてもすでに空になっている皿の山を完全に失念したまま、逃げるようにカートワゴンを押して部屋から出て行った。

フレーチカはナイフとフォークをそれぞれの手に持ち、ある種の気迫を漂わせながら、目の前の分厚いステーキに挑みかかった。熱々の肉汁をあえて滲《にじ》み出させ、肉の表面に大きく載せられていたバターの塊を溶かし、ソースに絡めて美味《おい》しくいただく。

大の男でも完食に数分を要する肉の塊が、文字通り瞬殺だった。

次いで、流れるようにフォークとナイフをロブスターへと突き刺す。

そこからは神業だ。フォークとナイフを巧みに操《あやつ》り、硬い甲殻を見事に切り分けながら、大胆にカットした肉厚のロブスターの身を口に運ぶ。咀嚼《そしゃく》中はロブスターの解体を続けつつ、合間合間に剝《む》き出しの身にレモンを搾って味変させておく。

食事の動作に一切の無駄がない。それでいてソースでテーブルや自分の口元を汚すこともなく黙々とマナー良く皿を空けていくのだから、食べ方が豪胆としか言いようがない。

こうして早くも二皿片付けたフレーチカは手にしていた食器を置き、グラスの水を軽く口に含んだ後に口元をナプキンで拭うと、今度はスプーンに持ち替えてパエリアに挑みかかった。具に含まれる貝類は全て殻付きだったが、フレーチカはまるで往年の剣豪のようにスプーンを巧みに操り、貝の身を穿り出して口へと運んでいく。

しかし、フレーチカは急に食事の手を止め、ぽつりと呟《つぶや》く。

「アルフォンスの、ばか」

すぐ後、ぐす……と涙ぐむ。

「でも、もっとダメなのは、わたしです」

スプーンがフレーチカの手から離れて皿の上に落ち、軽い音を鳴らした。

彼女はがっくりと肩を落とし、その場で俯《うつむ》く。

「あんな拗ねた態度なんか取らずに、いっしょに付いて行けば良かった」

物心ついた頃には父と離れ離れで暮らすことを余儀なくされ、母とも死別した彼女にとって、独りの食事は慣れっこだった。保護者であった叔父の第六王子は優しかったが多忙で食事を同じテーブルで共にした頻度は少なかったし、彼がベルファと結婚してからは、二人きりの新婚生活を邪魔するのは悪いとフレーチカのほうから距離を取った。

孤独な食事は、辛《つら》かった昔を思い出す。ファゴット家に嫁いでからは、毎日が騒がしく、こんな昔のことを思い出すことなんて滅多になかったのに。

「独りで食べるごはんは、やっぱり美味しくないですね……」

追加注文した皿は三十をくだらないが、まだ十分の一くらいしか食べ終えていない。満腹感はまったくないが、代わりに徒労感はあった。

そのとき不意に、部屋の扉をノックする音が響く。

「アルフォンス？　それともお姉さま方？　あ、お皿を引き取りに来たルームサービスの方でしょうか……？」

フレーチカは首を傾《かし》げた。三人の誰かだとしても、帰りが早すぎる。

席を立って移動し、フレーチカはノックされた扉を開く。

「はい、どちらさまでしょうか……？」

「あら？」

フレーチカは扉の向こうにいた少女と顔を見合わせ、首を傾げた。

眩《まばゆ》く美しい金髪に、キラキラとした瞳、そして目も覚めるようなブルーのドレス。まさに絵画の世界から出てきたかのような貴族令嬢であった。

「わたくしったら部屋を間違えてしまったようですわね。たいへん申し訳ないですわ～。上のフロアに泊まっている者ですけれど、昇降機を降りる階を間違えてしまったようですわ～」

「はあ……」

おっとりとした喋《しゃべ》り口の令嬢は、可愛《かわい》らしく舌を出しておどけてみせたが、見る者が見ればその態度に若干の白々しさを感じ取ることが出来ただろう。

しかし、これが初対面であろうフレーチカには、そんな違和感は伝わらない。

「何か良い匂《にお》いがしますわね。お食事の途中でした？　本当にごめんなさいですわ」

「あ、はい、食事中だったもので……」

そう呟いて、フレーチカは成り行きとほんの出来心で、ふと提案を口にする。

「もしよかったら、いっしょに召し上がりますか？」

「まあ！　よろしいんですの？　わたくしとっても嬉しいですわ」

令嬢は遠慮することなく、花が咲いたような笑顔をこぼし、嬉しそうにその提案に乗った。

監視対象のフレーチカが一人寂しく食事している姿を見るに見かね、上のフロアからわざわざやって来たチェキララは、こうして部屋に上がり込むことに成功したのだった。


「それはアルくんがおバカさんだよ」

「そうだぞ愚弟。馬鹿《ばか》にも程がある」

一方その頃《ころ》、アルフォンスは合流した姉たちから罵られていた。

やはり二人とも気を利《き》かせてアルフォンスとフレーチカを二人きりにしていてくれたようだ。姉の思いやりに気が付かない弟の至らなさだろう。

「いやでも、気を利かせるつもりなら、最初からおれとフレーチカの旅行に付いて来なかったら良かっただけじゃないか」

「あはー」

「しかしこの街は夜でも美しいな」

とはいえ、アルフォンスの正論を前に、シルファは笑って誤魔化し、ベルファはあさっての方向を眺めながらあからさまに話題を変えた。

「それに、姉さんたちに寄ってくる悪い虫がこんなにいるんだぞ？」

アルフォンスの背後には、この短時間のうちに姉妹に声をかけてきた男たちが打ち倒され、無造作に積まれている。その数、ざっと三十はくだらないだろう。

無論、周辺諸国の刺客もいれば、単純にシルファとベルファの美貌に見惚《みほ》れて口説こうとしただけの現地民や観光客も混ざっているし、何なら単なる絡み酒で声をかけてきただけの酔っぱらいもいる。だが、二人に声をかけたというそれだけで、誰も彼もが無条件でアルフォンスによって退治されていた。

「まー、ナンパしてくる男の子たちをこれだけ派手に全員倒しちゃったからには、今夜は誰もお姉ちゃんたちに声をかけて来ないと思うよー」

「とりあえずアルフォンス、お前はもう帰れ。私たちは後二時間くらい適当に遊んでから戻ることにする。ちゃんとフレーチカのために時間を使ってやれ」

二人の姉たちに挟まれ、左右交互に説教を受けるアルフォンス。

勝手にハネムーンに同伴してきた彼女らにそう諭されるのはほとほと理不尽ではあったが、姉とは常に理不尽だということをアルフォンスはこれまでの人生で重々承知している。

「分かったよ。ただし、ちゃんと無事に帰ってくること」

「はーい、アルくんのおおせのままにー」

「弟に心配されるほど腑《ふ》抜けた姉ではない」

シルファとベルファに背中を押され、アルフォンスはしぶしぶ来た道を引き返し始めた。

もしも今ホテルで自分の妻と元婚約者が対面していると知っていれば、すぐにも全速力で帰路に就いていただろう。だが、まさかそんな事態になっているなど想像もしていないアルフォンスは、寄り道を思いついた。

「そうだ。フレーチカがいない今のうちに、プレゼントを買っておこう」

その思いつきはアルフォンスには天啓のように感じられた。昼間に四人で宝石市場を見物していたときは妻の目があり、秘密裏にプレゼントを選ぶ余裕はなかったのだ。

しかし、現地民や観光客で大いに賑《にぎ》わっている繁華街と違い、夜の時間帯に訪れた宝石市場はどの店も閉まっており、人の往来も絶え、すっかり静寂に包まれている。

「そりゃそうか。もう時間も時間だしな」

諦《あきら》めて今度こそホテルに戻ろうと踵《きびす》を返すアルフォンス。

が、その行く手を阻む者がいた。

「誰？」

見覚えのない人物に道を塞《ふさ》がれ、思わずアルフォンスは首を傾げた。

銀髪、切れ長の銀の瞳、そして病的と言っていいほど白い肌。丈の長い黒コートを羽織った全身黒ずくめという格好も奇妙な風貌に拍車をかけている。

年も背丈も同じくらいなのだが、相手の青年の顔つきは精悍《せいかん》で、表情筋もアルフォンスののようにのん気に緩んではいない。

「まさか、お前も姉さんたち目当てのナンパか？」

「いや。オレは貴様の姉に用はない。女は相手にしない信条だ」

「えっ？」

銀髪の青年に見据えられ、アルフォンスは戸惑う。

「オレの目当ては最初から貴様だけだ、アルフォンス・ファゴット」

「ええっ？」

そして続く言葉にうろたえる。

「何でおれの名前を……それに今の台詞《せりふ》ってどういう意味で……」

「語るまでもない。そういうことだ」

突然のことにアルフォンスの顔は赤く染まり、動悸《どうき》が跳ね上がる。

「おれが目当てってそういうことなの⁉」


――そう。アルフォンスは完全に誤解していた。

なまじリゾートに来てから数多くのイケメンたちが姉たちを口説き落とそうとしていたものだから、若い男を見ると無条件でナンパ目的だと思い込んでいたアルフォンス。

そのため、急に目の前に現れた美青年に、目当ては姉たちではなく自分だと言われたとき、アルフォンスはどう受け取ってしまったか。

さきほど女は相手にしない信条と言われた。

つまり、男を相手にする信条だと受け取ったのだ。

「物分かりがいいな」

「ウワーッ！」

にもかかわらず、銀髪の青年ジークフリートは相手の誤解に気付かず、アルフォンスの疑問を素直に首肯した。が、それはしてはいけない肯定の意思表示だ。

こうして、完全なすれ違いが成立してしまった。

「お、おれ、自分がこんなふうに声をかけられたことなくてさぁ⁉ 今までそういうのまったく興味なくてさぁ⁉」

「？」

混乱しきったアルフォンスのどこか恥じらうような反応に、ジークフリートは訝《いぶか》しげに眉をひそめた。

しかしすぐに思い直す。暗殺者に狙《ねら》われたと知って、動揺しない人間はいないと。

「察しも良いようだな。オレの正体に気付いたか」

「ま、待って待って！ 突然こんなところで呼び止められてそんな告白されるような身に覚えはないよ⁉」

「？」

アルフォンスの反応がいちいちおかしい。だが、自分の言動に問題があったとはまったく考慮していなかったジークフリートは、怪訝《けげん》そうに小首を傾げるだけだ。

そしてまたすぐ思い直す。相手はハネムーンに来ただけの没落貴族の跡取りでしかない。暗殺を依頼されるような身に覚えは実際なかったのだろうと。

「誰もが最初はそう言う。運命と思って受け入れろ」

「で、でもでも、おれは既婚者だから！ 妻がいるから！ 妻が大事だから！」

「？」

アルフォンスとジークフリートの当惑はなおも続く。が、暗殺稼業に従事していれば、標的から愛する家族がいるから殺さないでくれと命乞いをされるのはよくあることだ。

「妻ならオレにもいる」

「なんでだよ⁉　奥さんがいるのにおれに何の用があるんだよ⁉　最悪だろ⁉」

「?.?.?.」

今度は急に怒り出したアルフォンスの反応を前に、ジークフリートの混乱はピークに達しようとしていた。だが確かに、暗殺者に命を狙われる気分は最悪だろう。

「貴様にとっては最悪だろうな」

「認めやがった！　最低だコイツ！」

「まあ、最低の気分になるのも無理はない」

「本当だよ！　ちょっとドキドキして損したよ！」

ジークフリートにとってはわけが分からない会話が続くが、アルフォンスから怒気が滲み出ているのは肌で感じられた。

「おれにとっては男相手とはいえこれが人生初のナンパされる体験だったのに、まさか相手が最悪最低の浮気《うわき》野郎だったなんて！　同じ男として風上にも置けない！」

美人で有名な姉たちと違い、アルフォンスは今までの人生で一度として異性から不純な遊びに誘われたことはなかった。もちろん同性からもだ。これが初めてだったのだ。

「……哀れな。どうやら恐怖のあまり錯乱したらしい」

ジークフリートにはアルフォンスの叫びの真意などまったく伝わっていなかったが、暗殺者に狙われた標的の言動が支離滅裂になるのもよくあることだ。人間、命の危機に晒《さら》された際に落ち着きを保てる者などごく僅かしかいないのだから。

「こうなっては、一切の問答は無用だな」

「まさか腕ずくで襲い掛かってくるつもりか⁉　フラれたからってそんなことして良いと思ってるのか⁉」

この期に及んでまだ二人の言い合いはすれ違いの平行線だったが、両者はすでにこの時点で互いの意思疎通は不可能だと悟っていた。相手の命を奪うべく臨戦態勢を取るジークフリートに対し、アルフォンスも己の貞操を護《まも》るべく迎撃態勢を整える。

が、次の瞬間。小突き合い程度を想定していたアルフォンスの思惑を遥《はる》かに凌駕《りょうが》する速度で、ジークフリートが音もなく疾走。

同時に、度肝を抜かれた様子のアルフォンスの首、その頸動脈《けいどうみゃく》に狙いを定め、光沢一つ浮かばないほどに黒く塗《ぬ》り潰《つぶ》された暗器の短剣が、猛獣の牙《きば》のように無慈悲に迫る。

あまりの出来事に、アルフォンスに避ける術はない。

そもそも、アルフォンスは貴族の嫡男として生まれたが、幼い頃から戦闘技術の鍛錬をしたことなどない。精々が姉二人にしごかれて育てられたくらいだ。

対してジークフリートは、それこそ物心つく前からベイン一族に伝わる殺人術を叩き込まれてきた。一子相伝の肉体能力の高さも相まって、ホーリーギフトに頼らなくても一級の戦士としての技量を身に付けている。

こと戦闘技術において、命のやり取りを経験した回数においても、両者の差は歴然。

しかし、高速で繰り出された黒塗りの短剣の刀身は、アルフォンスの頸動脈を確かに捉《とら》えたが、その即死の斬撃は、いとも容易《たやす》く弾《はじ》かれる。

別にアルフォンスが防御の姿勢を取ったというわけではない。彼は徹頭徹尾、ずっと無防備だった。無防備な首を刃で切り裂いたにもかかわらず、薄皮一枚傷つけることも叶《かな》わず、皮膚に刃が弾《はじ》き返《かえ》されたのだ。

「何だこの硬さは！」

「ここまでする⁉」

両者の悲鳴が無人の街の一角に大きく響く。

ジークフリートは自分の一撃に絶対の自信があった。田舎貴族のドラ息子くらい、ギフトの力を使わなくても秒で瞬殺できると。——その自信があまりにも愚かな過信であったことを、彼はすぐに思い知らされる。

「このッ！」

アルフォンスは肉薄したジークフリートを追い払うべく腕を薙《な》ぎ払った。

無論、素人の鈍重な攻撃をみすみす喰《く》らうジークフリートではない。

にもかかわらず、アルフォンスの腕が虚空を薙ぐと同時に、その威力の余波で竜巻の如《ごと》き旋風が巻き上がり、ジークフリートの体は地から足を浮かされ、木の葉のようにそのまま空中に高く舞い上げられてしまう。

「これが貴様のギフトの力か！」

冷静沈着な暗殺者とはいえ、あまりに想定外の事態に直面すれば、狼狽《ろうばい》は必至。

それでもジークフリートが一流だったのは、上空に吹き飛ばされながらも黒塗りの短剣を構え直し、眼下のアルフォンス目掛けて投擲《とうてき》することで瞬時に反撃していたことだ。

「シルファ姉さん直伝」

が、アルフォンスも今度は慌てない。遥か頭上から投げ飛ばされた短剣を前に、右手を高く突き出し、構えを取った。

手のひらを軽く上にし、指を広げ、中指だけを曲げ、その上に親指を載せる。同時に中指に力を集中させ、暴発しないよう親指で強く中指を押さえつける。

その手の形はまさしく――

「超デコピン！」

脳天目掛けて襲い来る短剣の刀身に、アルフォンス本人的にはあわよくばデコピンを命中させて弾き飛ばすつもりだったのだろう。

とはいえ相手は凄腕《すごうで》の暗殺者、どう転んでもアルフォンスにそんな芸当が出来るはずもない。

だが、命中させる必要などなかった。

音速の壁が破壊される音が両者の鼓膜を大きく打ったのと同時に、アルフォンスのデコピンが弾いた小さな空気の塊が、周囲全体の空気全てを震撼させ、それだけでジークフリートの投げた短剣は引き裂かれるように粉々に砕け散っていた。

「あれ？　今のちゃんと当たった？」

間の抜けた声とともにアルフォンスが首を傾げる。もちろん当たっていない。

しかし、たかがデコピン一発で、弾き飛ばされた空気の震えは破壊力の塊と化し、短剣を容易く粉砕させたのだ。

「貴様、化け物か？」

着地と同時にさすがのジークフリートも緊張を声に滲ませた。

「今の一撃を近くで喰らっていれば、オレの体もそのダガー同様、粉々に引き裂かれていただろう――」

「やめろ。別におれは、お前の命まで奪おうなんて思っちゃいない」

この諍《いさか》いをなるべく穏和に収めたい気持ちがあるのだろう、アルフォンスは構えを解いて口を開いた。が、ジークフリートにアルフォンスの言葉を受け入れる道理はない。

「何をぬるいことを」

「そっちが過激すぎるだけだろ⁉」

「今度こそ殺す」

「なんでナンパを断っただけで殺されなきゃいけないんだ⁉」

アルフォンスの悲鳴を最後まで聞くこともなく、ジークフリートは次の攻撃に移るために再度臨戦態勢を取る。

無論、先ほどの一撃はまったく手を抜いていなかった。ジークフリート渾身《こんしん》の最速の斬撃だ。スピードは圧倒的に勝っていたがアルフォンスの防御力を突破出来なかった。

「ならば手数でどうだ！」

新たにコートの懐《ふところ》から取り出したのは、円月輪と呼ばれる投擲用の暗器。円盤状の刃の中央に大きな穴が空いており、その穴に指や腕を通して遠心力で加速させながら投げつける異形の刃物だ。それがジークフリートの両腕に左右四つずつ、計八つ。

「これは避けられまい！」

空気を切り裂いて飛ぶ八つの円月輪が、四方八方からアルフォンスへと襲い掛かる。

「ベルファ姉さん直伝」

しかし、アルフォンスは微塵《みじん》も慌てず、両手を左右に大きく広げる。

「愚かな！　二本の腕で八つの刃を止められるものか！」

敵の取った防御姿勢を嘲るジークフリートだったが、次の瞬間、彼の嘲笑は大きく歪《ゆが》められることになる。

アルフォンスは広げた両手の手のひらを、自分の眼前で大きく打ち鳴らした。

「超ネコ騙《だま》し！」

瞬間、アルフォンスを中心にまるで空間が真っ二つに割れるかの如き衝撃が奔《はし》り、円月輪の全ては速度を殺され、乾いた音を立ててその場に落ちた。

「曲芸の上手さじゃ、おれが上だ」

絶句するジークフリートに向け、アルフォンスは言った。

――彼は、これが戦いだと認識していない。

当然だ。なにせ今も、ナンパを断った腹いせに八つ当たりされているだけだと、そう考えているのだから。

無論、相手が理不尽にも自分の命を狙っていることは分かっている。だが、相手がどれだけ技術に長《た》けていようと、殺される心配などまったくしていない。するほどの窮地に立っていないのだ。だから、根本的に戦いにすらなっていない。

「おれのホーリーギフト『愛の力』は、伴侶を愛せば愛した分だけ全ての身体能力が上限なく向上する。この強さがおれの妻への愛情の深さだ。お前の付け入る隙はない」

王国最強と謳《うた》われたフレデリックとの戦い、そして現世に甦《よみがえ》った美食竜エイギュイユとの戦いを繰り広げたときとは、すでにアルフォンスの強さは格が違う。

戦闘訓練など一度も受けたことはないが、フレーチカへの愛情は今も、日を追うごとに際限なく無限に増し続けているのだから。

ちなみに超デコピンと超ネコ騙しの二つは、姉たちから宴会のかくし芸として最近仕込まれたものだ。これも戦闘訓練には含まれない。

「もう分かっただろう。おれのことは潔く諦めてくれ」

シリアスな顔でアルフォンスは告げた。出来ることならこれでフラれた腹いせは止めてほしいという心からの願いだった。

「オレもプロだ、そう言われて諦めるわけがないだろう」

「いや諦めてよ⁉　プロだろうと何だろうと気持ちには絶対応《こた》えられないよ⁉」

しかしジークフリートは引き下がらない。引き下がれるわけがない。その返答に、またもやアルフォンスの悲鳴が空《むな》しく響き渡る。

「――確かに、貴様が強いのはよく分かった」

そんな悲鳴も意に介さず、ジークフリートは言葉を続ける。

「だが、オレも負けられん。もしもオレが敗れることがあれば、妻がお前の相手をすることになるだろう。そして万一、妻までもが貴様に敗北したならば、オレたちは一族の掟を守らなければならなくなる。それだけは絶対に認められん！」

「相手って何⁉　奥さんに何をさせる気だよ⁉」

たまらず叫ぶアルフォンスだったが、もうジークフリートには、目の前にいる強敵との会話に興じる余裕すらなかった。

「先ほど貴様は自分のホーリーギフトの内容をべらべらと喋ったな。貴様とオレとの戦力差を固辞したつもりだったのだろうが、戦いにおいて相手に自分の手の内を明かすなど論外と知れ。貴様のギフトがいかに強力だろうと——オレの前では意味を為《な》さない」

ジークフリートは得意の暗器を新たに出すことなく、無手のまま悠然とアルフォンスの前に立ちはだかった。

「そうか……お前も既婚者なら当然ギフトがあるもんな……」

アルフォンスは固唾を飲んで相手の様子を窺《うかが》う。

「で、どんなギフトなんだ？」

素直に尋ねるアルフォンス。

「相手の力を知りたければ戦いの中で推し量れ」

無論、ギフト保有者同士の戦いにも長けたジークフリートが、懇切丁寧に自分の能力を解説してやる理由などない。

「明かすべきは互いの名前のみ。それが勇者の戦いというものだ」

ジークフリートの銀の瞳が、天から差す月光さえ霞《かす》む鋭い輝きとともに、アルフォンスを見据えた。

「我が名はジークフリート・ベイン。アルフォンス・ファゴット、貴様に恨みはないが暗殺の依頼を受けたからにはドラゴンベインの名と一族の誇りにかけて、貴様を殺す」

その宣告に。

「…………え？　暗殺？」

ようやく自分がとんでもない勘違いをしていたことを悟ったのか、アルフォンスは驚きに目を見開きながら、ぎこちない動きでゆっくりと首を傾げた。


アルフォンスとジークフリート、月下の戦いが続く中。

夫がそんな事態に陥《おちい》っているとは露知らず、フレーチカは部屋に招いたチェキララとともに、二度目の夕食を兼ねつつお喋りに花を咲かせていた。

「わたくし未婚者ですのでアドバイスにはならないかもですけれど、旦那様が一つ年下でしょうとフレーチカ様はもっと甘えて良いと思いますわ」

ガスパチョと呼ばれる冷製トマトスープにパセリを散らした前菜を優雅にスプーンで口に運びながら、チェキララは言った。

「でもですね、わたし、嫁ぎ先には甘えてばかりで……」

「新婚なのですから、今のうちに存分に甘えておくのが良いと思いますわ」

「できれば、そうしたいと思ってはいるんですけど……」

エイギュイユのせいでアルフォンスたちに心労と迷惑をかけ続けている話はさすがに口が裂けても言えないため、フレーチカは歯切れの悪い曖昧な物言いしか出来ない。

「わたしって、性格暗いんですよね……。前に、その、もう一人の自分——的な？　昔からわたしのことを良く知っている人……みたいな感じの相手に、根暗と言われたこともありますし。だけど夫や嫁ぎ先のお姉さま方も、みなさん明るい人ばかりで、たまに本当にわたしで良かったのかなって自信が無くなるときなんかも……」

弱気になっているところへ聞き上手の同年代の少女が現れたものだから、フレーチカもつい愚痴っぽくなってしまっているようだ。今まで彼女には友だちらしい友だちもいなかったので、家族以外で話し相手がいる状況そのものが珍しかった。

「あら。根暗は根暗同士、根明は根明同士でくっついてしまうなんて、それこそミスカップリングですわ」

スープを食べ終えたチェキララはスプーンを置き、ナイフとフォークを手に取ってフレーチカへと語りかける。

「フォークのパートナーはナイフであるべきで、フォークが二本でも、あるいはナイフが二本でも、お食事は成り立ちませんでしょう？　似たタイプ同士をカップリングしてしまうのは安直の極みですわ」

「パートナー……」

「足りないものを補い合うのが夫婦の基本姿勢ですわよ。もちろん、これは実体験ではなく今までの見識でしかありませんけれど」

上品にほほえむと、チェキララはオレンジのソースで味付けされた鴨肉《かもにく》のステーキにナイフを入れた。ちなみに、デザートを除いた他の皿の上にはもう料理は残っていない。フレーチカの食事が進み始めたことですでに全てなくなっている。三十はくだらない追加オーダーのうち、チェキララが手を付けたのは二皿だけだ。

「せっかくのハネムーンですから、やっぱり大事な思い出を作りたいとは思います」

「良いですわね良いですわね。そういうお話大歓迎ですわ」

「デートスポットとか、いっぱいありますよね、この街」

チェキララが食事を終えるまでデザートに手を付けるのを我慢しているフレーチカは、食事の手を休めている分、少し饒舌《じょうぜつ》になっていた。

「そういうところへ夫に連れて行ってもらって、その思い出の記念になるようなものを家に持ち帰れたら、嬉しいなぁって」

「分かります。分かりますわ」

チェキララもなるべく聞き役に徹しているせいか、カップリング話になると途端《とたん》に語り出す暴走っぷりは、今のところ完璧《かんぺき》になりを潜めていた。

「ところで、クリスタルリゾートと言えばやはり宝石竜ユーヴェリアの生み出した魔法の宝石がお土産としては有名ですけれど、フレーチカ様はあまり宝石を好まれませんの？」

「い、いえ、そんなことは。夫に買ってもらえるなら何でも嬉しいです。ただ、わたし的には物よりも思い出のほうが……」

「そうなんですの？」

相槌《あいづち》を打ちながらも、チェキララはここ二日間の監視で、アルフォンスがフレーチカの贈り物選びを悩んでいることは把握している。

（アルフォンス様も迷っているようですし、フレーチカ様の望まれるプレゼントは宝石よりも違う物のほうが良いとアドバイスして差し上げたほうがよろしいですわね）

などと、内心で元婚約者のフォローを考えるチェキララ。

問題は、直接会うことなくどうやって助言をするか。それこそ伝えたいことがあるならホテルマンに頼んで手紙を渡してもらえば良いだけの話なのだが、アルフォンス相手となると元婚約者がどうして同じホテルにいるのか説明しなければならず、骨が折れる。

「…………一応、夫が買ってくれたと思《おぼ》しき品物が荷物の中にあるにはあったんですが」

「えっ、それは本当ですの？」

まさか監視の目を掻《か》い潜《くぐ》ってアルフォンスがすでに妻へのプレゼントを買っていたとは思っていなかったらしく、チェキララは興味津々目を輝かせる。

だがしかし。フレーチカが恥ずかしそうに俯きながら取り出したのは、あろうことか、アルフォンスが密《ひそ》かに隠していたバニースーツであった。

「これなんです」

「アッ……あらあら……まあまあ……これはこれは」

さすがにそんな代物を見せられては、チェキララといえども狼狽するのは当然の反応だった。

完全に困った様子でフレーチカに負けず劣らず顔を赤らめてしまっている。何だかんだ言っても十七歳の嫁入り前のご令嬢なのだから仕方ないだろう。

「アルフォンス様も意外と大胆で積極的ですのねぇ……」

「あれ？　わたし、夫の名前がアルフォンスだって言いましたっけ？」

「ふふふ。元々存じておりますわ。ファゴット家の方々は王国貴族の間では有名ですもの」

おまけにチェキララともあろう者が、うっかり口を滑らせてしまう始末。彼女の失言にフレーチカは首を傾げたが、チェキララはすぐに言い訳を取り繕った。

「――チェキララ様、少しよろしいですか」

そのとき、ロイヤルスイートの玄関口のノック音とともに、部屋の外からサーティーンの声が響いた。緊張感を漂わせたその物言いにチェキララはすぐに異常を察知する。

「申し訳ありませんわ、フレーチカ様。わたくしのメイドですわ。話があるようですので少しだけお時間いただいてもよろしくて？」

「あ、はい、どうぞ、お気になさらず」

「ありがとうございますわ。話が長くなるといけませんので、デザートはお先に食べ始めておいてくださいまし」

「いいんですか？　では、いただいちゃいますね」

チェキララのさり気ない気遣いを受け、今までデザートを我慢していたフレーチカは途端に頬を緩めて皿へと手を伸ばす。まずはチーズケーキから。もちろんホールごとだ。

ケーキにナイフを入れるフレーチカを尻目に、席を立ったチェキララはサーティィーンが待つ部屋の玄関口まで移動し、扉を開けた。

「……チェキララ様。つい先ほど、街の各所に配置した部下たち全員と連絡が繋《つな》がらなくなりました。おそらくは何事か起きた様子かと」

室外の廊下で待機していたサーティィーンは、ご満悦の表情でケーキを食べ始めたフレーチカには聴こえないように声を潜め、扉の前にやって来たチェキララに非常事態を知らせた。

と、そこへ。

「すいませーん、食器の回収に来ましたー」

食器を運ぶためのカートワゴンを押しながら、ルームサービス係の少女が一人、廊下を進んでロイヤルスイートまでやって来る。

「失礼しまーす、少し通りまーす」

開けっ放しの扉の前で深刻な顔を突き合わせていたチェキララとサーティーンの傍《かたわ》らを、ルームサービス係の少女は頭を下げながら通り過ぎ、室内に入り込む。

「サーティーンさん。こちらにも緊急を要するお話がありまして――」

そのすれ違いざま、チェキララは視線をルームサービス係の左手薬指に注《そそ》ぎ続けたまま、静かに言葉を続ける。

「――このホテルの従業員に、銀髪の既婚者はおりませんわ」

意思疎通は、その一言で事足りた。

数日という短い付き合いながらも、サーティーンもすでにチェキララの趣味嗜好《しこう》は完全に理解している。身近な人間のカップリングを事前に全て把握していても一切おかしくない。その彼女が「いない」と言い切ったのだ。

つまり、今しがた外から入室してきたルームサービスは何者かの変装。

「ビートルデリンジャー！」

サーティーンはすぐさまメイド服の長いスカートを大きく翻《ひるがえ》し、露《あら》わになった太もものガーターベルトに装着していた二丁の大口径の単発銃を両手に構え、トリガーを引いた。

狙いは当然、今まさにフレーチカに近付こうとしているルームサービス係の少女。

銃口に刻まれた加速魔法術式を伴って弾丸の代わりに発射された二匹のカブトムシは、頭部の角を振りかざして高速で侵入者へと迫る。

「リロード、スタッグビートルバレット！」

続けざま、サーティーンは新たに二匹のクワガタをこの場に呼び寄せ、空になった単発銃の弾倉に最速で招き入れる。ギフトの力を用いた自動再装塡《そうてん》というわけだ。

両腕をクロスさせ、先ほどの甲虫に続き今しがた装塡したばかりのクワガタも発射。これで合計四発、累計六本の頭角が凶器となって標的に襲い掛かる。

――だが。

「ギフトの相性が最悪だったようね」

銀髪の侵入者が嗤《わら》う。

「虫も飛び道具もアタシの前では無力よ！」

瞬間、少女の体を中心に爆炎が噴き上がり、突っ込んできた甲虫たちはたまらずその身を仰《の》け反らせて逃げ惑う。

「きゃあああああ！　チーズケーキがベイクドチーズケーキに！」

間近で巻き上がった火柱に、チーズケーキの外側を見事にこんがりと黒く焦《こ》がされ、フレーチカは悲鳴を上げた。それが悲しみの悲鳴なのか嬉しい悲鳴なのかは別にして。

もっともチーズケーキこそ表面が焦げただけで済んだが、突如として燃え上がった炎の直撃を受け、食卓の家財道具やテーブルクロスはもちろんアルフォンスが隠していたバニースーツも炎に包まれ燃え尽きていく。

そうして、ルームサービスに扮《ふん》していた少女の衣装もまた燃え盛る炎に焼け落ち、その姿が暴《あば》かれる。

すでにロイヤルスイートの部屋の各所に飛び火し、火災が始まっている中、少女は自らの体を平然と炎に包んだまま涼しげな顔で周囲を見回した。

身に着けていた従業員服が焼け落ちた後も、その下に着用していた薄着や革製のズボンとサンダルは何の損傷もない。おそらく貴重な耐火素材として重宝されている焔蜥蜴《サラマンドラ》の革で作られた特注品なのだろう。そのため、上も下も下着を着けていない。

煤《すす》一つ無いのは着衣だけではない。炎の中にあって紅蓮の炎に巻かれていても焦げ跡一つ付かない長い銀の髪と、火傷一つない白い肌、そして戦意を高揚させた白銀の瞳。

ジークフリートの新妻、オデット・ベインだ。

アルフォンスとフレーチカが別々に行動している機会を逃さず、ジークフリートとオデットの暗殺夫妻がそれぞれの前に現れたのだ。

「アンタがフレーチカ・ファゴットね。何の恨みもないし、苦しいだろうから可哀想《かわいそう》だけど、アタシの炎で焼け死んでもらうわ！」

「もぐもぎゅううううううう⁉」

突然の非常事態に頭が混乱しているのだろう、この状況で避難するより先にベイクドチーズケーキを食べ始めていたフレーチカが悲鳴を上げた。

第五章 ベインの掟

「もるはごっくんどういうもぐもぐんんっ⁉」

フレーチカの叫びの意図が、非難の声を上げたのか命を狙《ねら》われる事情を聞こうとしたのか、どちらにあるのかは分からない。なにせまだ律儀にケーキを食べ続けているままだ。

「何言ってるかマジで分かんないけど、どうせならしっかり味わいながら死んでね」

言葉と裏腹に陽気な笑顔を見せるオデットの操《あやつ》る炎が、フレーチカへと襲い掛かる。

が、その寸前。

「させはしない！」

室外にいたサーティーンがロイヤルスイート内へと飛び入り、炎を掻《か》い潜《くぐ》ってフレーチカのもとへ辿《たど》り着き、すんでのところで彼女を片腕で拾い上げて火炎の一撃を避け切る。走り出す前の時点で左手の銃は投げ捨てていた。

「その銀髪、まさかベインの暗殺者か？　諸国は手段を選ぶ気がないようだ」

「詳しいのね。でも、それなら話は早いわ。アタシたちは標的しか殺さない主義だし、虫使いのギフトじゃアタシは倒せないってこともさっきの攻防で分かったでしょ？　標的以外はどうでもいいから、さっさと逃げなさいよ」

面倒くさそうにオデットは鼻を鳴らす。

しかし、だからと言ってサーティーンに引き下がるという選択肢はない。

「黙れ。自分のギフトが炎に弱いことくらい当然弁《わきま》えている。この私が能力の不利をそのままにしておく素人と思ったか」

フレーチカを床に下ろしながら、サーティーンはオデットを睨《にら》みつけた。

――彼女がブリジェスから受けている命令は、二つある。

一つは、チェキララの指示に従ってベルファ・ファゴットに言い寄ろうとする他国の刺客を排除すること。

もう一つは、万一の事態に遭遇した際、命の優先順位にサーティーン自身やチェキララではなくフレーチカ・ファゴットを第一に据えること。

フレーチカは未《いま》だ王族として認められていないが、第一王子であるブリジェスにとっては、第二王子フレデリックとの不仲を解消する手札として機能している。ブリジェス自身は姪《めい》であるフレーチカのことを特別どうとも思っていないが、王国最強と謳《うた》われる弟との今後の関係のために、今のところは無くてはならない存在だと判断しているのだ。

ゆえに。王太子直属の配下であるサーティーンには、ここで命を捨ててでも戦わなければならない責務がある。

正体もギフトも分からぬ相手に毅然《きぜん》と立ち向かわんとするサーティーンに対し、オデットは明らかな優位性を見せながら向き直る。

ギフト保有者同士の戦いは、通常、相手の能力の内容が何も分かっていない状態で始まる。それは今この場にいる二人にとっても同じことだ。

しかし、互いの攻撃手段は虫と炎。どこからどう見ても相性による有利不利は歴然で、オデットが戦う前から勝利を確信しているのも当然のこと。

オデットがひとたび燃え盛る火柱でサーティーンを包めば、それで終わり。サーティーンは為《な》す術もなく炎に巻かれ、反撃することも叶《かな》わず焼死するだろう。

まだ、幼い夫に愛の言葉を囁《ささや》いてもらったことすらないのに。

「私のギフトが本当に夫のために目覚めた力だと言うのなら――」

きのうチェキララに言われた言葉を思い出し、サーティーンは呟《つぶや》く。

「この力を嘲られることは、夫を嘲笑されたも同じ。任務に殉ずる影ではなく一人の妻として、私はお前に一矢報いなければならない」

そう言って、サーティーンは左手をオデットへと伸ばす。手袋の下に嵌めた結婚指輪の金属部分が周囲の熱気に炙られ、左手の薬指だけが無性に熱く感じられていた。

「言ったわね。でも旦那への愛ならアタシのほうが何百倍も上だし、アタシのほうが何百倍も愛されてるわ！」

オデットは勝ち誇るように叫んだ。するとその言葉に火力を煽《あお》られたかのように、彼女を取り巻く炎が勢いを増していく。対峙《たいじ》する二人を見守るしかないフレーチカやチェキララの目にさえ、サーティーンの圧倒的不利は揺るがない。

しかし、そのとき一匹の蝶《ちょう》が、燃えるように熱い彼女の左の薬指に止まった。

それは、無数の火の粉が舞う火災の只中《ただなか》であることを忘れさせるような、サファイアブルーの涼しげで美しい翅《はね》を優雅に広げた、小さな蝶。

チェキララとの連絡やファゴット家の監視に使っていた蝶だ。サーティーンがギフトの力で呼び寄せたのだろう。青い蝶は次第に二匹、三匹と、十まで数を増やしていく。

「小賢《こざか》しい！　一匹残らず灰にしてあげる！」

叫ぶオデット。

一方サーティーンは蝶たちの姿を見つめながら、夫の言葉を思い出していた。

『——クラベスの森はね、火事が起きたことがないんだよ』

まだ十二歳。一度も会ったことすらない年上の女を国の都合で娶《めと》らされた、故郷と虫が好きなだけの普通の少年だ。貴族の生まれというだけで不自由な結婚を強いられながら、次男として生まれたために継ぐべき爵位すら持たない男の子だ。

式で用いた結婚指輪も誓いの言葉も、少年が自分で選んで決めたものではない。全《すべ》て王国と男爵家の間で用意されただけのもの。

ギフト婚なのだからそれでもいいとサーティーンは思っていた。

彼女の父もギフト婚で母と結ばれ、家庭を顧みることなどなかったのだから。

結婚後はすぐに任務が待っている。新婚生活すらない。夫婦など肩書きだけ。サーティーンは全て受け入れていたし、夫との間に絆《きずな》など最初から求めていなかった。

しかし、任務でクラベス領を離れる前日、真っ赤《まか》な顔をした夫に誘われ、夫婦二人で初めての散歩に出かけた。

年齢差も身長差も歩幅の差もある。それでも少年は妻の手を強く握り、クラベス領に広がる大樹海を案内してくれた。そして、大樹海に多く生息しているサファイアブルーの蝶のことも教えてくれた。

『――昔はね、この森にも、わるいドラゴンがいっぱいいたんだ。ドラゴンは口から炎を出すでしょ？　そしたら森はカンタンに火事になっちゃうよね？　でも、このちょうちょがいるからそうはならなかったんだ。この子は森をずっと守ってるんだ。きっとここが好きなんだね。……だから、サラもまたここに帰って来てね。ぼく、いつでも待ってるからね』

名を呼ばれたのはその日が初めてだった。

夫の趣味が昆虫採集だと教えてもらったのもその日だった。

似合っていないと分かっていながら髪をツインテールにしたのも、その日だった。

「ファイア・エクスキューショナー。それがこの蝶の名だ」

この瞬間だけはサーティーンではなくクラベス男爵家次男の妻サラ・クラベスとして、彼女は言い放った。

サファイアブルーの蝶が翅を震わせる度に、青く輝く鱗粉《りんぷん》が周囲に散らされる。

その鱗粉には、燃焼する酸素のみを消滅させる性質があった。クラベスの大樹海を守護するため、千年以上も前から大森林に住み森に育まれてきた、火消し蝶の秘密だ。

酸素が無ければ、どんな炎もそれ以上は燃焼することが出来ず、消えるのみ。

さらに、酸素が消滅することで引き起きる現象がある。

「あう――？」

酸欠だ。

炎の中心にいたオデットは、酸素が失われていく余波に大きく影響され、周囲を舞う蝶たちに負けず劣らず青い顔でよろめいた。

部屋中に燃え広がっていた火災は蝶の鱗粉に触れて瞬く間に鎮火され、オデットを守っていた火柱による障壁も消えた。さらには彼女の意識も消えかかっている。

サーティーンはこの機を逃さない。すぐさま床を蹴《け》ってオデットに肉薄。足元のおぼつかない彼女の臍部《さいぶ》へと、右手に構えたデリンジャーの銃口を押し当てる。

「ギフトの力も夫婦の愛情もお前が上で構わない。だが、お前の知識は私の夫の知識に遥《はる》かに劣る。まだ十二歳の小さな夫にな。それだけは間違いない」

凄味《すごみ》を利《き》かせた声でサーティーンが告げる。同時に、数匹の百足《むかで》たちがメイド服のポケットから這《は》い出、彼女の右腕を伝って自ら銃の弾倉に殺到していく。

それもただの地虫の類ではない。マンイーターという名で呼ばれ、人間の皮膚を易々《やすやす》と食い破って内側から内臓を貪り喰《く》らう、危険なモンスターの一種として扱われている百足だ。

サーティーンの右腕を這いずりながら弾倉に収まった百足たちは、数匹単位で絡《から》み合《あ》って団子状に丸まり、新たな弾丸となる。

「マンイーター・センティピードバレット！」

リロードが終わった瞬間、サーティーンは躊躇《ためら》うことなく、オデットに零距離射撃で凶弾をブチ込んだ。

顔色一つ変えず臍部を狙ったのも、そこが一番、百足たちが体内に侵入しやすいからだ。慈悲など欠片《かけら》もない。

——攻撃時に技の名前を口にするようになったのも、思えばあの日からだった。小さな夫を喜ばせるのに、技名は必須であったのだ。

「うぐぐぐぐぐ」

その一方で、這い回る百足の姿に嫌悪感が刺激されたのか、フレーチカは真っ青《さお》な顔のまま口元を押さえていた。

チェキララに至ってはその光景だけで完全に気絶している始末だ。どれだけ頭が切れる彼女でも、一皮剝《む》けば育ちの良い伯爵令嬢でしかない。荒事はもちろんグロテスクな虫にも耐性などあるはずもない。

だが、そんな彼女たちの反応などまるで構わず、サーティーンは銃撃を受けてその場に仰向《あおむ》けで倒れたオデットの剝き出しの腹を踏みつけ、口を開く。

「その様子で聞こえているかは知らないが、死にたくなければ死ぬ気で聞き取れ。お前の体内にマンイーターを撃ち込んだ。私の指示一つで即座に内臓に致命傷を与えられる。命が惜しければお前の名前、目的、ホーリーギフト、その全てを明かせ」

王太子ブリジェス直属の影たちは、実力に応じて数字のコードネームが与えられている。

サーティーンの『虫愛ずる細君』は諜報《ちょうほう》に向いているが、十三席という数字をブリジェスから与えられた理由は、諜報よりむしろ拷問に関する性能の高さにあった。

対象者の体内に毒虫を撃ち込み、サーティーンの任意でいつでも時限爆弾のように作動させられるとなれば、使い道は多岐にわたる。即死させることも容易《たやす》いが、命に別状がない範囲で極大の責め苦を与えることも出来る。

この能力は拷問や脅迫に最適であった。

「抵抗は考えるな。マンイーターたちの体にはあらかじめ火消し蝶の鱗粉をまぶしておいた。お前自身の肉体が炎に焼かれない様子は目にしたが、お前のギフトがどれだけ強力だろうと、体内の虫たちを発火させるのは不可能だ」

今度はサーティーンが勝ち誇る側となって、朦朧《もうろう》とした様子のオデットへと勝利宣告に等しい言葉を口にした。


その頃、弟夫婦の危機も知らず、シルファとベルファはともに夜の公園をぶらぶらと散歩していた。

街の一角には広い敷地を持つ自然公園が存在している。以前この地の領主の別荘地があった場所で、領主ゆかりの庭園が今は公園として開放されているのだ。

公園内には、発光現象を伴う魔法の宝石が各所に配置され、夜道の至るところを色とりどりの輝きで照らし出している。

ムードもあり、リゾート内でも有数のデートスポットであった。

シルファとベルファはすでに飲み歩きを終え、いくつもの酒場をハシゴしてきた帰りだ。が、すぐに戻っては弟夫婦の時間を邪魔することになると考え、こうして今は寄り道で自然公園に寄っているというわけである。

「それにしてもアルフォンスのやつめ、まさか私たちに付いて来てしまうとはな。どうせ来るならせめてフレーチカも誘えというのだ」

小石の代わりに売り物にならないサイズの宝石がちりばめられた砂利道を眺めながら、不満そうにベルファが言った。

　しかしその言葉に、シルファが浮かない顔で肩をすくめる。

「あー、それは無理じゃない？」

「何故《なぜ》だ？」

「だってフレーチカちゃん、最近は夜のお散歩行かなくなったでしょ。たぶん、自分の中に封じられたエイギュイユの存在が未だに怖いんだと思う」

「だから夜道を出歩くことを避けていると？　それは姉としたことが気付かなかったな」

「ま、暗がりはどうしても影を連想しちゃうからね。仕方ないと思う。でもお姉ちゃんはちゃんと気付いてたよ。えっへっへー、ベルファの負けー」

「私の不徳だ。勝ちを譲ろう」

　シルファとベルファの姉妹の間では、シルファのほうが目聡《めざと》い。それに、本人に家族以外の他人を気遣う気持ちが皆無なだけで、気遣いが上手《うま》いタイプなのもどちらかと言えばシルファのほうだ。ベルファは素直に降参するかのように軽く両手を挙げてみせた。

「あ、待って」

　そんな中、シルファはいきなり背後からベルファの襟首《えりくび》を摑《つか》み、足を止めさせた。

「おい、急になんのつもりだ」

「話があるみたい」

「誰《だれ》が？」

「そこまではお姉ちゃんでも分からない。聞いてみよ」

「聞くって誰に」

「それはもちろん、あの人たちに」

シルファとベルファが足を止めた途端《とたん》、向こうも気配を勘付かれたことに気付いたのだろう。

夜の闇《やみ》の中から人影がゆっくりとその姿を現した。

老若男女合わせて十数人。

纏《まと》う空気は、先日から二人に付《つ》き纏っていたナンパ師たちとは一線を画している。

その全員が銀髪――いや、一名例外が混じっていた。

「一人見覚えがある人がいるね。んーと、あそうだ、確かきのうの御者さんだ」

その例外の顔を見るなり、シルファは聡くも気付く。

銀髪の集団と肩を並べたまま、シルファとベルファにゆっくりと会釈を返したのは、確かにプライベートビーチ行きの馬車を操っていた御者であり、サーティーンの部下であるはずの男だった。彼は懐《ふところ》から布を取り出し、髪を黒く染めていた墨を拭い落とす。その下に隠されていた本来の髪はやはり銀髪であった。

「おぬしら、ファゴット家の令嬢方とお見受けした」

銀髪の老若男女のうち最初に口を開いたのは、外見年齢十二歳ほどの幼くあどけない少女であった。ショートの銀髪に装着したヘッドドレスといい、たくさんのフリルがあしらわれた黒いドレスといい、身に着けた衣装も年相応に見える。

しかし一方でその体軀《たいく》は決して華奢《きゃしゃ》ではなく、露わになった太ももの太さは武術家のそれに等しく、赤く染められた両手の爪紅《つまべに》や同色のアイシャドウは、見た目の年齢とかけ離れた妖しい色香を漂わせていた。

「わしらは少しばかり、おぬしらに用があるのじゃよ」

可愛らしい声と古風な口調で少女は語った。

だが同時に、ベルファも口を開く。

「……お前たち、ベイン一族の暗殺者か」

「ほっほ、わしらのことを知っていたか」

「一族揃《そろ》ってその銀髪に白い肌と白銀の瞳《ひとみ》、一度見たらそうそう忘れん。我が夫もお前たちに命を狙われたことがあったからな」

ベルファの言葉に、銀髪の少女は小首を傾《かし》げながら顎を撫《な》でた。

「そうかそうか。王国の第六王子がまだ存命だった頃の話じゃな。あのときは確かわしの末娘に仕事を任せたんじゃった。良い男じゃったの、第六王子は」

「……ということは、お前がベインの長老か。おかげで私たちはいい迷惑だったぞ。お前らの掟《おきて》、付き合わされる側からすればうんざりするほど面倒だからな」

ベルファは、かつてベインの暗殺者から一族の情報を聞き出したことがあるのだろう。血縁関係の話を聞いただけで、目の前の少女が暗殺一族の長老であることを見抜いた。

「われらが何者であるか知っているなら話は早い。依頼があっての、ベルファ・ファゴット以外の者の命を貰《もら》い受けに来た」

長老は目を細めながらシルファとベルファを見据えながら、片手をひらひらと動かして背後の暗殺者たちを促した。

「シルファが捨てた夫たちの生家からの依頼ではないか？」

「えー！　お姉ちゃん暗殺者に狙われるほどのことはしてないよー？」

思わず双子の姉の顔を見たベルファだったが、シルファは緊張感などまったくない様子で頬《ほお》を膨らませる——が、しかし。

突然、彼女はすぐにその無邪気な表情を引っ込めた。

「ま、今リゾートに来ている周辺諸国の貴族や富豪たちに雇われたんでしょ」

そしてシルファは含みを持たせた微笑とともに、見透かしたかのように目を細めた。

この発言は、ベイン一族の暗殺者たちも聞き流せなかったのだろう、誰もがその顔をピクリと引き攣《つ》らせていた。

暗殺者がその依頼主をあっさり言い当てられたのだ、無反応では済まない。

「……はて。どうしてそう思ったのかの？」

長老がカマをかけるように言った。

「手紙に書いてあったからね」

するとシルファはこれまたあっさりと懐から一枚の手紙を取り出した。

当然ながらすでに中身は開封済みで、剝《は》がされた封蠟《ふうろう》にはヘッケルフォーン伯爵家の家紋が刻まれている。

「アルくんをフッた以上キララちゃんには二度と我が家の門は潜らせないと言い付けておいたけど、今回の借りで多少は目を瞑《つぶ》ってあげなきゃかもね」

事態に付いて行けず目を白黒させているベルファへと、シルファは手紙を放り渡す。

――チェキララ・ヘッケルフォーンは、初手の段階で最善手を打っていた。

それは彼女が水晶海岸に着いて即の話。

今回の任務を内密に行えと命じた王太子ブリジェスさえ予想だにしなかったであろうその一手は、この場において紛れもなく最善の判断であった。周辺諸国の刺客がどんな企《たくら》みを暗躍させようと、それこそベイン一族のような第三勢力が乱入してこようと、どんな想定外の事態が起ころうと対処が可能な万能の秘策。

「要は、ベルファのドラゴンブラッドが諸国に狙われていることも、そして第一王子の諜報部隊が陰ながらベルファを守る任務に就いていることも、どれもこれも全部キララちゃんが最初からお姉ちゃんにだけ教えてくれていたの」

新婚旅行二日目の朝にシルファ宛《あて》に届いていた手紙は、実はチェキララがしたためたもの。つまり、王太子から現場を任された指揮官が完全な独断で、知り得る全ての情報を最初から部外者にリークしていたわけだ。

シルファにさえ話を通しておけば、どんな非常事態が起きたとしても、例えば諜報員の中に内通者が紛れていて部隊が壊滅したとしても――ベルファの身を守り抜くという目的は完遂できるとチェキララは踏んだのだ。

「これまた随分、高く買われちゃったみたい」

弟を捨てた女の手のひらで転がされたことが気に食わないのか、普段の天真爛漫《てんしんらんまん》な笑顔は影を潜め、シルファは攻撃的な笑みとともに肩をすくめた。

「各国がこの私をナンパで口説き落として再婚を狙っているだと⁉　私は今も亡き夫一筋だぞ、よくも愚弄してくれたものだな⁉」

その隣では、今しがたチェキララの手紙に目を通し終え、今回のハネムーンの裏で暗躍していた者たちの存在を知り、ベルファが激怒の面持ちを浮かべていた。

両者ともに、すでに戦意は充分。

「……長老。どちらが姉でどちらが妹でしたっけ？」

「強いほうがシルファ・ファゴットじゃろ。弱いほうを生かしておけばよし」

一族の者の言葉に、ころころと笑いながら長老は言ってのけた。

「ところで、ジークフリートとオデットはどうしておる？　あの二人だけ未だに合流していないようじゃが」

「それについては申し訳ありません、長老」

童のように大きく首を傾げた長老に対し、影の諜報員であった男が頭を垂れた。

「表の稼業中、ファゴット家の宿泊先をオデットに聞かれたので、教えてしまいました」

サーティーンが部下たちと連絡を取れなくなっていたのは、ベイン一族の出身であった彼の手引きであった。チェキララの危惧通り、部隊に内通者が存在し、街の各所に配置されていた諜報員たちは密《ひそ》かに戦闘不能に追い込まれてしまっていたのである。

「さてはあやつら先走りおったな。若者ほど功を焦《あせ》りおる、卑劣なりとも徒党を組んで一人ずつ確実に仕留めていくのが暗殺者であろうに。我らの先祖が勇者であったのも昔の話。ジークフリートめ、まだ化石のような勇者としての流儀に拘《こだわ》っておるのか」

長老はため息をこぼすも、気を取り直してシルファとベルファに向き直った。

「わしは同性と殺し合う趣味などないからの。ファゴットの嫡男以外に興味はない。他はお前たちの好きに戦え。ただし、負けたときは掟を守るのじゃぞ」

その言葉を合図に、暗殺者たちも臨戦態勢を整える。

同時に、長老がそう言い放った瞬間。シルファとベルファの不機嫌な顔つきが、さらに苛烈さを増した。

「お姉ちゃんの前でアルくんに手を出そうなんて、正気で言ってる?」

「夫だけでなく弟にまで付《つ》き纏おうとは、一族郎党根絶やしになりたいらしい」

シルファの垂れ目は吊り上がり、ベルファの吊り目もこれ以上ないほど険しさを増している。

これでは確かに、顔の見分けがつくのはアルフォンスくらいなものだろう。

その凄味を間近で感じ、長老は満足げに頷《うなず》く。

「なるほど、今どきの小娘とは格が違うの。わしの若い頃を思い出す」

外見年齢だけは十二歳の少女の言葉に、彼女の血族であるベインの暗殺者たちは、皆一様に
「長老の若い頃っていつの話だ?」と言わんばかりの面持ちを浮かべた。

が、長老はそんな血族たちの態度にすら気付かない様子で、シルファとベルファの姿に釘付《くぎ》けになっていた。

「――やはりわしも殺ろう。血が騒いだ」

言うが早いが、誰よりも早く先陣を切って飛び出す。

十二歳の体軀ではリーチも短い。が、長老はあろうことか右肩の関節を一呼吸で外し、脱力した右腕を鞭《むち》のようにしならせ、シルファの首元を狙う。

握《にぎ》り拳《こぶし》ではない。右手の人差し指と中指を揃えて突き出し、牙《きば》に見立てている。その拳の形にシルファは見覚えがあった。彼女もかつて実戦で用いたことがあったからだ。

相手の咽喉に指を突き刺し発声器官を潰《つぶ》す、詠唱殺しの秘技だ。

シルファが体術、剣術、魔術の全てに長《た》けているのは、ベイン一族にとっても周知の事実。まずはシルファの魔法を封じる腹積もりなのだろう。

「ほほッ！」

が、そう思った矢先、予測できない軌道で迫る長老の魔拳。シルファはすぐさま自分の首元を両腕でガードしたが、その寸前、長老はさらに右肘の関節を外し、蛇腹の如《ごと》く右手のリーチを伸ばして軌道を変える。真の狙いは咽喉ではない。その上だ。

「目潰《めつぶ》し⁉」

さしものシルファも急所を狙われ、眼前も眼前、瞳の真ん前に迫る赤い爪紅を見、咄嗟《とっさ》に身を仰《の》け反らせる。しかし、回避と同時に反撃のタイミングを合わせ、ドレスのスカートごと長老の小さな体を右脚で大きく蹴り上げ、敵の体を浮かせる。

瞬間シルファは首を両腕でガードしていた体勢のまま、体の軸をズラし、長老の胸部に無理矢理肘鉄を叩《たた》き込《こ》む。

「回避と反撃をこうも同時にやってのけるとは、やりおるのう！」

「ドラゴンブラッド！」

シルファの体術に目を輝かせた長老の横っ面を、両者の攻防に割り込んだベルファの追撃の拳が、真紅の輝きを伴いながら全力で殴り飛ばす。

「ほっほー！」

年端もいかない軽い肉体はまるで球技のボールのように面白《おもしろ》いように吹っ飛んだが、長老は吹き飛ばされた遠心力を利用し、空中で回転しながら右肩と右肘をハメ直すと、何事もなかったように見事な受け身で着地を決めた。

「バカな！　全力の一撃だぞ、常人に立っていられるわけがないだろう！」

「力任せの攻撃など顔面でも受け流せるわ！　ここからが本気ぞ！　我こそはベイン一族頭領、オディール・ベイン！　さあさ、いざ推して参る！」

長老オディールは鼻血を拭ってにんまり嗤《わら》って済ませると、再び疾風の速度で駆け出し、ファゴット姉妹へと襲い掛かる。

「また名乗りやがった……」

「何が暗殺者らしく卑劣に戦えだよ……」

「長老が一番化石のような流儀に染まってるだろ……」

毎度のことなのか、オディールのはっちゃけた様子に、他の暗殺者たちは若干うんざりとした愚痴をこぼしながらも後に続く。

「魔法剣ラグナシュガル！」

しかし次の瞬間、シルファの右手に強烈な稲光を放つ魔力の剣が生み出される光景に、その場の全員がシルファの魔法剣を警戒し、身構えた。

「どっせい！」

シルファは、そうした敵集団の警戒など気にした様子もなく、今しがた呪文で作り出したばかりの魔法剣を槍《やり》投げの要領でブン投げる。投擲《とうてき》された雷の刃は文字通り雷霆《らいてい》となって複数の暗殺者たちを貫き、その全身を感電させて戦闘不能に追い込む。

「続けて、魔法剣シウコアトル！」

次なる呪文を唱えるシルファの詠唱に応じ、彼女の右手に新たな魔力の刀身が生み出される。が、今度は雷の刃ではない。周囲の闇夜《やみよ》を眩《まばゆ》く照らす篝火《かがりび》の如き紅蓮《ぐれん》の刃は紛れもなく炎の剣であった。

シルファは踊るように体を翻《ひるがえ》し、構えた炎刃を一閃《いっせん》する。

剣は炎の蛇のように渦を巻き、無数の火の粉を舞い散らしながら、シルファの周囲はもちろんベルファの周りにいた暗殺者たちを次々に撃退していく。夜の闇に舞い踊る爆炎の刀身は、今が戦いの最中でなければ、いっそ幻想的にすら見えたことだろう。

「魔法剣イルルヤンカシュ！」

さらにシルファは空いた左手にさらなる魔法剣を作り出し、二刀流に構えた。

三つ目の剣は水の刃。超高圧の水流を刀身とし、あらゆる物質を容易く両断する、無類の切れ味を誇るウォータージェットの魔法剣だ。

広範囲に広がる炎の魔法剣シウコアトルの真紅の刃。その合間から反撃を窺《うかが》う暗殺者たちを、イルルヤンカシュの鋭利な紺碧《こんぺき》の刃が仕留めていく。

炎と水、相反する二種の魔法剣を二刀流で巧みに操り、シルファはベイン一族の連携を完全に切り崩していた。

「よもやここまで常識外れとはの！」

噂《うわさ》以上のシルファの戦闘力を前に、さすがのオディールも歯噛みする。いくら接近戦を得意とする彼女であっても、魔法剣という桁外《けたはず》れの火力を有する武器で武装した相手に肉弾戦を試みるのは至難の業だった。

オディールが逡巡《しゅんじゅん》を見せた、次の瞬間。

シルファはすぐさま、両手の超高熱の炎の刃と超低温の水の刃を自ら交差させ、爆炎を水流で相殺することで大規模の水蒸気爆発《ばくはつ》を起こす。

予想外の熱気と蒸気の奔流《ほんりゅう》に視界を阻まれ、暗殺者たちも怯《ひる》まざるを得ない。が、ファゴット家直伝のサウナ生活で蒸気に慣れっこなシルファは別だ。彼女は魔法剣を自爆させることで作り出した水蒸気爆発の中を平然と駆け抜け、オディールへと肉薄する。

互いに徒手空拳、しかしオディールは身構える猶予さえない。

「さっきのは本気でびっくりしたから、次はお姉ちゃんがお返しィ！」

敵が再び構えを取る前に、シルファは躊躇うことなくオディールの顔面に渾身《こんしん》の拳を叩き込んだ。

だが敵もさる者、強靭《きょうじん》な足腰だけで攻撃を耐え、オディールは呵々《かか》と嗤う。

「ほほ、噂以上じゃの！　じゃが、素手と素手でわしに勝てると思うてか！」

オディールは再度繰り出されたシルファの拳を、片腕を蛇の如く絡みつかせて止めてみせる。

またも肩と肘の関節を瞬時に外し、自分の腕を三節棍《こん》に見立てたのだ。

シルファが魔法剣士であると同時に格闘家であることは、当然オディールも熟知していた。

彼女は依頼を受けるにあたり、標的の素性や経歴を必ず吟味する。

今回も当然そうだ。ファゴット家の者の情報は出来る限り集めたし、その能力の事前検討も行っていた。そして集めた情報の中では、やはりシルファの存在感は群を抜いていた。

ホーリーギフト『略奪』により、烈拳、剣聖、大賢者の異名を持つ王国屈指の名門貴族の家から、子々孫々受け継がれてきたあらゆる力や技を奪い取り、体術、剣術、魔術の三つを最強の水準で扱うことの出来る女傑。あとブラコン。

魔法剣などというオリジナルの呪文は予想外だったし、剣の属性が三種もあることも想像すら出来なかった。が、それらも一応は対処可能範囲内だった。

だが、一つ大事な情報が抜けていることにオディールは今さらながら気付く。

それはとてもシンプルな話だ。

――単純に、シルファが本気で戦ったところを、まだ誰も見たことがない。

「全剣、再抜刀」

瞬間、今までの攻防で使い終えたはずの魔法剣がシルファの背後に三振り、瞬時に甦《よみがえ》る。

「なっ……」

これにはオディールも絶句するしかない。

体力、魔力、そして才能、全てが底知れないとは薄々感じていたが、まさか魔法剣召喚の再詠唱をここまで造作もなくやってのけてしまうとは。

「実はお姉ちゃんの魔法剣、手に持ってなくても自在に操れるんだよね！」

不敵な微笑を見せるシルファを中心に、まるで彼女を母星として周囲を巡る衛星のように滞空する、炎、水、雷の三種の魔法剣。

虚空に三つの剣をそれぞれ無手で構えながら、シルファ自身は徒手空拳のまま両の拳を握り、自らは拳闘術で戦うべく構えを取る。

「だから、これがお姉ちゃんの本気の戦闘スタイル！」

シルファ自身が格闘家として地上から、そして敵の頭上からは空を飛ぶ複数の魔法剣が攻め立てる、単純明快で強力無比な圧倒的強者の戦い方。

即《すなわ》ち、個の強さと集団の手数で、攻めて攻めて攻め倒す。

ベインの暗殺者たちの基本的な戦い方と同じだ。ただ一つ違うのは、シルファは頭数を揃えて連携を必要とせずとも全て一人でやってのけられるということ。

「ほっ、ほあああああ⁉」

シルファの怒濤《どとう》の攻撃の中、オディールは自分の目論見《もくろみ》が甘かったことを痛感する。

素手と素手との戦いならば、本当に彼女に分があったかもしれない。

だが、空中を浮遊し切りかかってくる複数の魔法剣との同時攻撃など、完全に想定外。

配下の暗殺者たちも長老に加勢しようとシルファに襲い掛かるが、最早《もはや》近付くことすら許されず、次々と魔法剣で自動迎撃されていく。

「おぬしら、何とか隙を作れ、隙を！」

一族の面々に発破をかけるオディールだったが、今はシルファの拳や蹴りを防ぐことで手一杯だ。それでも防戦一方でありながら喋《しゃべ》れる余裕があるのは、ひとえにオディールが無類の強者であるからに他ならない。

だが、そのとき。

突如としてオディールは自らの体に刃が突き立てられたような衝撃と鈍痛を受け、その場に膝《ひざ》を付いた。

「いつの間に――」

まったくの不意打ちにオディールは目を見張る。

オディールはこのときようやく、シルファの本当の狙いに今さらながら気付いた。

先ほど大仰に見せ付けていた三つの魔法剣の再召喚すら、オディールの意識をそちらに向けさせるためのシルファのブラフ。

本命は、いつから仕込んでいたのかさえ分からない、この不可視の刃。

四つ目の、風の魔法剣。

「魔法剣ティフォンノヴァ」

空気の塊をそのまま圧縮して刃にした、暗殺者さえ完璧《かんぺき》に騙《だま》し得る暗殺剣。

「貴様、ここまで強い癖《くせ》に、ここまで卑怯《ひきょう》なのか⁉」

たまらず叫ぶオディールだったが、自分の体に突き刺さった透明の刃の正体を悟った直後、体勢を崩したところにシルファの怒濤の波状攻撃を喰らい、ついに倒れた。

「いやいやいや、暗殺者に言われたくないんだけど？」

気絶し前のめりに倒れたオディールを見下ろし、シルファは天真爛漫にほほえむ。

最早、残されたベインの暗殺者は脱兎《だっと》のように逃げるしかなかった。が、逃走が許されるだけの猶予は絶望的なまでに無く、シルファの容赦はそれ以上に無かった。

次の瞬間には、シルファの両の拳と蹴り、四属性の魔法剣の剣撃が組み合わさった、ドラゴンすら単身屠《ほふ》れるであろうほどの凄《すさ》まじき連撃が解き放たれ、炸裂《さくれつ》する。

――事後、自然公園ごと破壊と蹂躙《じゅうりん》の限りが尽くされたその場に佇《たたず》み、シルファは軽く肩を鳴らして、勝利の笑みを浮かべた。

最強にして最恐《さいきょう》、そして可憐《かれん》。

この夜こうして、シルファと立ち会ったベインの暗殺者たちは、ファゴットの赤い蛇と呼ばれた毒婦がどうして恐れられているのか、骨の髄まで思い知らされたのであった。

「しかし、困ったことになったな」

蓋を開けてみれば清々《すがすが》しいくらいの圧勝の中、周囲の惨憺《さんたん》たる有様を見回し、気絶している暗殺者たちの姿を眺めながら、ベルファは他人事のように言った。

「でも、これで周辺諸国の刺客はほとんど倒したし、後は第一王子の直属部隊に任せちゃってだいじょうぶじゃない？　今はアルくんとフレーチカちゃんが心配だけど他に暗殺者が残ってなければ存分にハネムーンを満喫できると思うなー」

「いや。私が案じているのはお前だ」

「お姉ちゃんを？　なんで？」

「異性に敗北した場合、ベインの暗殺者は相手にプロポーズしなければならないんだ」

「は？」

「そして、求婚が成就して一族の婿や嫁になってもらえるまで、永遠に付き纏わなければならない。それがこいつらの鉄の掟だ。だから我が夫もかつては苦労した。ベインの女暗殺者に勝ってしまったからな」

ベルファの言葉に、シルファは己《おのれ》の耳を疑った。

「じゃあなに？　お姉ちゃんたちは命を狙われたから反撃して倒しただけなのに、これからこの人たちにずっとストーカーされちゃうってこと？」

「私は一人も倒していない」

「……は？」

「だから、私は一人も倒していない。全員お前が一人で倒したぞ」

「……ちょっと待って？　ベルファァはもともとこの人たちの掟を知ってたんだよね？　なら、こうなるって分かっててお姉ちゃんに加勢してくれなかったの？」

「いや、私の加勢などまったく必要なかっただろう？」

ベルファァは落ち着き払った様子でそう言った。

対してシルファァは淀《よど》んだ目つきで周囲を見回し、ため息をこぼす。

「……今のうちにこの人たち全部埋めちゃおっか？」

「そんなことをしている場合があるなら、さっさとアルフォンスやフレーチカと合流するぞ。ベインの暗殺者が他にいないとも限らん。まずは愚弟の居場所を魔法で探知しろ」

ベルファァはシルファァの手を引き、デートスポットとして有名だった景観ごと粉砕し壊滅させてしまった自然公園から、逃げるように立ち去った。


長老率いるベインの暗殺者たちが全滅した後も、アルフォンスとジークフリートの戦いは続いていた。

お互い、自分の妻たちにそれぞれ危険が及んでいることを今も知らないままだ。

アルフォンスはまさかフレーチカも暗殺者に狙われているとはまるで考えていなかったし、ジークフリートも妻オデットが追い詰められているとは知る由もなかった。

特にジークフリートとオデットのホーリーギフトは、両者ともにベイン一族の中でも類い稀《まれ》な性能を誇り、偏屈者の長老ですら一族最強と評価したほど。強さを信頼しているからこそ、ジークフリートは普段の素っ気ない態度のまま妻を送り出した。

無論、彼のギフトも妻と匹敵《ひってき》するほどに強い。

現にアルフォンスは今、完封されていた。

「まったく身動きが取れない……！」

両手両足を地面につけたまま、四つん這いの状態でアルフォンスは歯噛みした。

好きでこの体勢を取っているわけではない。まるで体重が何倍にもなったかのような重荷を感じ、一切《いっさい》の身動きが取れなくなってしまったのだ。

体を押し潰すほどの重圧は今も続いており、アルフォンスは抵抗も反撃もまったく出来ない状態にあった。

だが、それ以上の打つ手がないのはジークフリートも同じだ。

「貴様、本当に人間か？」

絶対の自信を持つギフトの力を使い、標的を行動不能にした。そこまでは良い。

身動きが封じられたアルフォンスは、当然ながら隙だらけ。

にもかかわらず、無抵抗のアルフォンスに対して決め手と呼べる攻撃手段をジークフリートは持ち合わせていなかった。

再び首にナイフを突き立て、それが無理と分かれば次は心臓を刺した。しかし刺殺は何の効果もない。斬殺同様、刃が通らないのだ。撲殺を試みればジークフリートの拳が砕けかねない。毒殺も何の効果もなかった。

「くっ、いったいどんなギフトなんだ……！」

「それはこちらの台詞《せりふ》だ。太古のドラゴンでさえここまで尋常ではない防御力や再生力は持ち合わせていなかっただろう」

互いの持つギフトに手も足も出ないアルフォンスとジークフリートの膠着《こうちゃく》状態は、先ほどからずっと続いている。アルフォンスに打開策はなく、ジークフリートに決定打はない。

「そもそも、常人ならば、オレのギフトを喰らった時点でとっくに押し潰されているはずだ。貴様のギフトはあの『ノーダメージ』に匹敵するとでも言うつもりか？」

王国最強たるフレデリックのギフトのことはベイン一族にも伝わっているらしい。ジークフリートは驚愕《きょうがく》とともにその名を口にした。

「まあいい。オデットが仕事を終えて合流すれば、さすがの貴様でも耐えきれまい。オレの妻の火力は最強だからな」

這い蹲《つくば》ったままのアルフォンスの背中に腰掛け、ジークフリートは冷たい目で語った。

が、そのときだ。

ジークフリート目掛けて突然、轟音《ごうおん》とともに魔法の輝きが夜闇に迸《ほとばし》る。

「何⁉」

ジークフリートが慌ててアルフォンスの背から飛び退くのも無理はない。前触れもなく剣の形をした炎、水、雷の魔力の塊が、夜空を切り裂いて加速しながら急降下してきたのだ。

アルフォンスが呪文を唱える素振りなど見せていなかったため、ジークフリートも油断していたと言える。実際アルフォンスが唱えた魔法ではないが。

「ひとりでに宙を飛ぶ魔法剣⁉　そんな技を隠し持っていたのか⁉」

それらの正体はシウコアトル、イルルヤンカシュ、そしてラグナシュガルと、先ほどベインの暗殺者たちを一掃したばかりのシルファの魔法剣だ。

自由自在の自律行動を可能とする魔法剣たちは、シルファとベルファが弟を見つけるよりも早くアルフォンスを探し出し、持ち主の手を離れてこの場に急行したのだ。

「この魔法剣は、シルファ姉さんの！」

さながらダンシングソードのように剣だけが高速で宙を舞いながらジークフリートへと斬りかかる光景に、アルフォンスは顔を輝かせる。

本当なら自分も反撃に加わりたいところだが、謎《なぞ》の加重は今もアルフォンスの全身を襲い続けており、動くことすらままならない。

しかし、そんなアルフォンスの体をふわりと持ち上げる風の塊があった。

残る一振り、風の魔法剣ティフォンノヴァだ。

ティフォンノヴァが剣自らの意思でアルフォンスの左手に収まった瞬間、風の刃はジークフリートの力ごとアルフォンスの体を空中へと引っ張り上げ、宙に舞い上がらせる。

「何だか分からないけど、これなら！」

そのまま急加速するティフォンノヴァに連れられる形で、アルフォンスは右手で拳を構えてジークフリートへと接近する。

ギフトの力を使われて以降ずっと苦戦を余儀なくされてきたが、四振りの魔法剣たちが文字通り切り開いてくれた反撃のチャンスだ。

「何から何まで出鱈目《でたらめ》な男め！」

一方ジークフリートは、主《あるじ》の弟の危機に荒ぶる猛禽《もうきん》めいた魔法剣たちに邪魔され、迫るアルフォンスに対して迎撃姿勢に移ることさえままならない。

ジークフリートは地上に釘付け。対してアルフォンスは相手の頭上を取っていた。

「いっけえええええええええ！」

颯爽《さっそう》と空を飛ぶとはいかず、剣に引っ張られていて不恰好《ぶかっこう》極まる姿だったが、それでもアルフォンスは全力を込めたパンチを真下に叩きつけ――ようとした。

ところが、風の魔力で懸命にアルフォンスを浮かせていたティフォンノヴァも、途中で重圧の負荷についに屈した様子で、あろうことか攻撃の途中でアルフォンスを取り落とす。

「「え？」」

アルフォンスとジークフリートが同時に首を傾げた。

風の魔法剣の支えを失ったアルフォンスの体は、当然ながら重力に従い、真下へ一直線にまっさかさま。次の瞬間には、アルフォンスの体は真上からジークフリートに圧《お》し掛かり、二人して地面に打ち倒されてしまう。

「いてて……」

「おい離れろ」

「いやお前のギフトのせいでピクリとも動けない」

「オレにそういう趣味はない」

「お前にだけは言われたくないよ⁉」

体勢的にはアルフォンスが上で、ジークフリートが下。そのせいで動けないアルフォンス諸共《もろとも》ジークフリートも身動き出来なくなってしまっていた。

先ほどまで執拗《しつよう》な攻撃を続けていた魔法剣たちも、標的であるジークフリートが主の弟であるアルフォンスとくっついて離れられないせいで、所在なさげに切っ先を収めてしまう。

「おーい、アルくーん、どこー？」

「だいじょうぶなのか、アルフォンス？」

そんな中、魔法剣たちの後を追って来たと思《おぼ》しきシルファとベルファの声が通りの向こうから聞こえてきた。

「……チッ。その命預けておく」

姉妹の声を耳にしたジークフリートは忌々しげに舌打ちをこぼすと、アルフォンスの体を加重させ続けていたギフトの力を解除する。

「あ、やっと体が軽くなっ——うごっ⁉」

「次の機会を覚悟しておけ、アルフォンス・ファゴット」

次いでジークフリートは圧し掛かっていたアルフォンスを盛大に蹴り飛ばすや否や、熟練の動きで体勢を立て直し、魔法剣が反応するよりも早くその身を翻した。

「くそう、何だったんだあいつ……」

蹴り飛ばされたアルフォンスの周囲を魔法剣たちが心配するようにふよふよと周回する中、姉たちも大慌てで駆け寄ってくる。

その間、アルフォンスは闇夜に消えたジークフリートの姿を探したが、いくら目を凝らそうとも逃げ去った暗殺者の姿を見つけることは出来なかった。


一方、ファゴット家の宿泊するロイヤルスイートでは。

ジークフリートの妻オデットは今も意識を朦朧とさせたまま部屋の一室で尋問を受けており、腹部に撃ち込まれたマンイーターと呼ばれる百足たちも健在だ。

サーティーンは油断なく銃を構え、周囲にサファイアブルーの火消し蝶を待機させている。

蝶はすでに室内の火災を鎮火し終えていたが、ファゴット家の荷物にも火は当然ながら燃え移っていたため、フレーチカは焼けた荷物を前に呆然《ぼうぜん》と立ち尽くしていた。

「それで、オデット・ベイン様とおっしゃいましたわね？　今のお話にあったベインの掟というのは本当のことですの？」

凶悪な百足を見て気絶していたチェキララも目を覚まし、率先してオデットの尋問に付き合っていた。今のところ、オデットが明かしたのは名前と出自、そしてフレーチカ暗殺という目的、ベインの一族を縛る掟のことのみ。

オデットは未だ、自身のホーリーギフトの能力までは明かしていない。

「チェキララ様、この女はまだギフトについて吐いていません。ベインの掟の話はその後でも良いのでは？」

「でも、わたくしとっても気になりますわ！」

掟の話を聞き、恋愛話の匂《にお》いを嗅ぎ取ったのか、チェキララは尋問にかこつけて食い気味で乗り気になっている。

「あの、わたしとしては自分が暗殺者に狙われた理由のほうが気になるのですが……」

「フレーチカ様はそうでしょうね。不安は分かりますわ。分かりますとも。でも、わたくしどうしても掟のお話が気になりますの！」

おずおずと口を挟んだフレーチカだったが、チェキララは常に我が道を往《ゆ》く女であった。他の話題はまったく取り合ってくれない。

「えっと、あの、その」

フレーチカからすると、自分の命が狙われる理由など王族出身という出自以外にない。まさか義姉目当てのナンパに邪魔だからとは夢にも思うまい。

だが、自分が第二王子フレデリックの娘であることを初対面のチェキララに打ち明けるわけにもいかない。

なのでチェキララ相手にフレーチカはまったく強く出られなかった。それにそもそもの話、チェキララが何者であるのかも不思議で仕方ない。

「で、で、それで本当のことなんですの？　ベインの暗殺者にとって暗殺対象と恋愛対象は表裏一体というのは？」

しかしチェキララはフレーチカの疑問はお構いなしに、なおもしつこくベインの掟について食い下がる。

「そうよ。ベインの暗殺者には、異性に負けたらその相手を伴侶にする掟がある。求婚を断られても相手が死ぬまで付き纏う。ほんと、アタシを倒したのが女で良かったわ」

これ幸いとオデットは尋問をあさっての方向へ誘導させ始めた。

――ベイン一族は古くより、名のある優秀な武芸者を婿や嫁に迎えることでギフトの力や戦闘技術を高めてきた血族だ。

だが、生まれ持った地位があるわけでもなく、貴族社会のように強力なギフトの所有者同士が自ら進んで結婚したがる立場というわけでもない。そんなベイン一族が、今までどのようにして強い婿や嫁を取ってきたか。その真相こそが、自分より強い異性と出会えばプロポーズしなければならないという掟にあったのだ。

各国の武芸者たちも命を狙われ続けるくらいならと、求婚に応じた者は多かった。貴族の生まれであっても、複数の爵位を持っていない限り爵位と領地を継ぐのは嫡子に限られるため、何の後ろ盾もなく領主以外の生き方を強いられる貴族は多く、となれば、やはり求婚を受け入れる者は珍しくなかった。

こうしてベイン一族は千年もの長きにわたり、暗殺依頼の遂行と同じだけ猛者の婿取りや嫁取りに心血を注《そそ》ぎ、大陸各地でプロポーズを繰り返し、血族を増やし続けてきたのだ。

「同性に負けた場合はカウントされないんですのね?」

「そりゃそうでしょ。女同士じゃ子ども産めないし。だから普通、ベインの暗殺者は暗殺対象に異性を選ぶ。アタシの旦那はそういう風習が嫌で、男の標的は全部自分で狩って、アタシには女の標的しか回してくれないけど」

不貞腐れたようにオデットは言った。

が、逆にチェキララの瞳はさらに輝きを増す。

「分かります。だってもしオデット様が自分以外の殿方に負けるようなことがあれば、愛する奥方様を奪われてしまいますものね。妻を愛しているのなら、一族の掟を嫌って反発するのは解釈通りですわ」

「アタシ、ちゃんと愛されてるのかな……？」

「当然ですわ！　でなければ妻が殿方と戦うことを嫌がるわけがありませんもの！　そして同時に自分も女性とは決して戦わないのは、オデット様以外の妻を娶る気がないという意志の確かな表れ！　それを純愛と呼ばずして何を純愛と呼ぶんですの！」

「で、でもアタシ、よく馴《な》れ馴《な》れしいって怒られてるし、ベタベタくっつくなってよく言われてて、もっと甘えたいんだけど、いつも邪険にされてるし……」

自信なさげにオデットは言った。なまじ肌が白いせいか、今は顔の紅潮が目立つ。

先ほどはあれほど自信満々に夫婦の愛を声高らかに叫んでいたオデットも、サーティーンに打ち負かされた今では、その自信を若干喪失してしまっているようだった。

強気なときは何を言われてもまったく気にしないが、今のように相手に負けて弱気になっているときは、些細《ささい》なことでも気になるのだろう。自分から話を脱線させたはずが、チェキララの話を聞いているうちに、オデットのほうが逆に話術に引き込まれていた。

「そんなのただの照れ隠しですわ！　普段の言動なんて、深く秘められた殿方の真意における氷山の一角でしかありませんわ！」

「そ、そういうものなの？」

「そ、そういうものですか？」

チェキララの主張に、オデットはおろかサーティーンまで聞き入ってしまう始末。

「あの……アルフォンスもそうなのでしょうか」

いつの間にかフレーチカまでもが参戦していた。

「わたし、最近あまりアルフォンスと二人きりになれる機会がちゃんと作れなくてですね……、結婚したばかりの頃はいつでもどこでもいっしょにいたのに、冷たくされているわけではないんですが、やっぱり寂《さび》しいなと……」

「あ、分かる！　分かりみが深い！　アタシもジーク君と結婚したばかりはもっとラブラブだったはずなのに、最近ちょーっと倦怠期《けんたいき》？　みたいな？」

「お二人はまだいいではありませんか。私は任務で長く夫のもとを離れているため、彼の普段の様子を目にする機会もありません」

「遠距離の別居生活ですか、お辛《つら》いですね……」

「アタシは旦那と従姉弟同士だから物心つく前からずっといっしょにいたし、そういう辛さは共感してあげられないわ……」

この場で唯一未婚者のチェキララがそつなく聞き役に徹する中、既婚者三人のガールズトークは続く。

「アタシがジーク君にぞっこんなのは向こうも分かっているはずなのに、冷たい態度がなぁー、そういうところも好きなんだけど、それだけじゃなぁーって。あー、なんか思い出すだけで涙が永遠に出てくる……うぅ〜〜〜無理なんだけど〜〜〜」

「あの、オデットさんは普段どういうふうに愛情を伝えているんでしょうか？」

フレーチカの素朴な疑問に、オデットは不満げに口を尖《とが》らせる。

「言葉でも当然伝えてるけど、アタシのギフト『百年の恋』は、伴侶への愛が燃え上がるほど人体発火の温度が増すって能力だから、見てれば伝わると思うのよね」

「確かに。凄い火力でした」

「でっしょー？　ジーク君へのラブラブが昂《たかぶ》れば昂るほど炎の火力が上がるのよ！」

問われるまま自慢げに口を滑らせるオデット。隠していたギフトの内容を自分から語って聞かせてしまったのは間違いなく失言だろう。他三人はほうほうと興味深そうに聞いていたが、途中、本来の尋問目的を思い出したサーティーンがようやく我に返った。

「すっかり話に乗せられてしまいましたが、聞きたいことは他にも――」

正気に戻ったサーティーンはガールズトークを切り上げ、オデットへの尋問を続けようとしたが、そのとき彼女はようやく気付く。

先ほど顔を紅潮させていたオデットだったが、よく見れば胸や腕、脚、そして腹部と、その他の各所も火照っている。まるで熱にうなされる病人のように発熱しているのだ。

「熱……?」

すぐさまサーティーンはオデットの額に手をやった。

そして悟る。彼女の現在の体温が平熱を遥かに超えていることを。

「その様子、まさか!」

「っしゃあ!　ギリギリ間に合ったようね!」

サーティーンの顔に焦燥が浮かぶと同時に、オデットはその場から勢いよく後方に飛び退いて開けっ放しだったテラスへと下がる。抵抗を示せばいつでも腹部のマンイーターが内臓を食い破るはず。だがサーティーンが百足たちを操作しようとしても、すでに反応はない。

「私の虫たちを腹の中で蒸し焼きにしたのか⁉」

「炎を出せなくても自分の体熱はいくらでも上げられるの!」

歯噛みするサーティーンに対し、オデットは高熱でふらつきながらもテラスの向こう側へと駆け出していた。

先ほどガールズトークに花を咲かせるあまりうっかりギフトのことまで喋ってしまったのも、高熱の弊害で判断力が低下していたからに他ならない。

「フレーチカ・ファゴット!　その命、もうちょっとだけ預けておくからね!　でも、アタシの炎を防ぎ切ったそっちのギフトも大したものだったわよ！」

そう言い残し、オデットはテラスの手すりから外へと飛び出す。

室内で再戦するには火消し蝶が邪魔だと判断したのだろう。逃走を選んだからには、彼女の逃げっぷりはその場を誰もが舌を巻くほど。

「サーティーンさん、すぐに追ってくださいまし。あの方のギフトは危ういですわ」

「それは――いえ、承知しました」

チェキララの言葉に頷きを返すと、サーティーンは数匹の火消し蝶を伴って再び単発銃を構えながらテラスへと飛び出し、オデットの後を追う。

一瞬言葉を詰まらせたのは、チェキララの反応が予想外だったからだ。

恋の熱量で炎の火力が上がるギフトなんて、まさに彼女好みだろうと、サーティーンはそう思っていた。だからこそ、真剣な顔で忠告を口にしたチェキララの態度に違和感を覚えつつも、指示に素直に従った。

「この高さから飛び出して、お二人ともだいじょうぶなんでしょうか？」

「お二人ともその道のプロですもの。わたくしたちが心配することではありませんわ。ただ、オデットさんの戦闘力と判断力は見事なものでしたから、サーティーンさんが彼女をもう一度捕まえられるかどうかは五分五分くらいでしょうね……」

恐る恐る窓の外を見やるフレーチカに対し、チェキララは冷静に告げる。

「となれば、暗殺者にお命を狙われているフレーチカ様の身にいつまた危険が及ぶかもしれませんし、わたくしひとまずホテルの方に説明をしておきますわ。わたくしの――チェキララ・ヘッケルフォーンの名を出せば、お部屋がこの惨状でもファゴット家の方々に迷惑はかからないと思いますし。わたくしこう見えて、色々と立場がありますので」

チェキララも多少なりとも焦っているのか、その正体を知りたいフレーチカが止める間もなくロイヤルスイートの外へと向かう。

「それにしても、フレーチカ様がご無事でほっといたしましたわ。わたくし、あなた様が火柱に包まれたとき、もう手遅れかと思ってしまいましたもの」

「えっ？」

「本当になによりでしたわ。きっと、素晴らしいギフトをお持ちなんですのね」

去り際、微笑を浮かべたチェキララはフレーチカの返事も待たずに行ってしまった。

残されたフレーチカは、訝《いぶか》しげに首を傾げる。

先ほど逃げ出したオデットも、今しがたのチェキララも、まるで『百年の恋』による攻撃をフレーチカが防いだかのような物言いだった。

もちろん彼女は何もしていない。火柱の直撃を避けられたのはあくまで運が良かっただけ。部屋や荷物は燃えてしまったが、他はケーキがベイクドチーズケーキになったくらい。

――そう、フレーチカは思っていた。

『指摘されるまで気付かぬとは、我ながらおめでたい女だな』

その声が聞こえて来るまでは。

フレーチカは目を見開いて声の主を探す。が、部屋にはもう彼女しか残っていない。彼女は次に、恐る恐る自分の足元を見下ろす。正しくは、自分の影を。

『妾《わらわ》が守ってやらねば確実に焼け死んでいたぞ、フレーチカ』

影はゆっくりと竜の姿を形作りながら、その口元を開き、ひとりでに語り出していた。

フレーチカが最も聞きたくなかった声と、忌まわしい喋り方で。

「なん、で」

青い顔で己の影を見下ろしながらフレーチカは問う。

「どうして、エイギュイユが――」

我が身の破滅を突きつけられたような絶望の面持ちでフレーチカはその名を口にした。

美食竜エイギュイユ。人類の救世主でありながら、人間を自分好みの餌にするためドラゴンブラッドを与えて品種改良までした、グルメの邪竜《じゃりゅう》。

フレーチカはその邪竜の転生体であり、魂を同じくする者であった。だが、先のアルフォンスとの戦いでエイギュイユとしての自我は封じられ、フレーチカが夫に秘密を作らない限り、その封印は解けなかったはず。

「あなたはわたしがアルフォンスを裏切らない限り、力を取り戻せないはずです！　わたしは彼に言えないような秘密は作っていません！　なのにどうして、どうして！」

悲鳴に近い声で叫ぶフレーチカ。対してエイギュイユは、影の一部をフレーチカの肌に這わせながら言葉を続けた。

『それも指摘されなければ気付かぬか。少し見ぬ間によほど幸せボケしたと見える』

竜の形をした影はフレーチカの右腕に収束し、告げる。

『フレーチカ、お前ちょっと太っただろう』


「……………えっ？　太った？」


『夫に隠れて道理を無視したヤケ食いなどするからだ。それゆえ増えた体重分だけ妾が甦った。まったく、アルフォンスの知らぬ間に肥え太りおって』

「え、えっ？　肥えっ？　ふええ？」

『もっとも、たかがヤケ食い分の質量ではお世辞にも復活とは言えんがな。しかし正直言って、まさかこんなにも早く夫への隠し事を作るとは、さすがの妾も予想外だぞ』

己の転生体の浅ましい食欲に呆《あき》れた口ぶりでエイギュイユは言った。

一方、体重の増加を指摘されたフレーチカは、真っ赤な顔でぷるぷると羞恥に震えながら、その場に立ち尽くすしかなかった。

第六章　絶交、絶縁、絶対零度

ハネムーン四日目の朝にして、アルフォンスに最大のピンチが訪れていた。

「暗殺者が侵入したって聞いたけど、昨夜はだいじょうぶだった？」

「だ、だいじょうぶですっ！」

妻フレーチカがよそよそしいのだ。

新婚旅行の間、決して無下にしていたわけではないが、それでも常にいっしょにいてあげられていたわけではないのは事実。よそよそしくされても仕方ないのは分かる。

「あのさ、フレーチカ。良かったら二人で出掛けない？」

「きょうはちょっと無理ですっ！」

早速出鼻をくじかれた。

妻の冷たい返答にがっくりと肩を落とすアルフォンス。

「えっと、何か用事でも？」

「た、たいしたことではないのでお構いなく！」

それでも食い下がろうとしたアルフォンスだったが、フレーチカの姿はすでになかった。どうやら先ほどの返事とともに外出してしまっていたらしい。

「そんなぁ……」

つれない妻の態度にがっくりと肩を下ろすアルフォンス。フレーチカは何故《なぜ》だかずっとアルフォンスを避けているし、シルファはシルファでベルファと何事かあったのか完全に拗《す》ねた様子で毛布にくるまったまま寝室から出て来ない。

「ううむ、こうなったシルファはなかなか機嫌を直してくれないからな」

その原因を作ったと思《おぼ》しきベルファも、今朝《けさ》からずっと難しい顔だ。

「姉さん、昨晩言っていたベインの暗殺者って何なの？　おれも変な男に襲われたし関係あるんだよね？」

「アルフォンス、お前が気に病むのも分かるが、今は自分の体の回復に専念しろ。少しマッサージしてやろうか？」

ベルファに言われ、アルフォンスはしぶしぶながらも頷《うなず》いた。

姉の言う通り、アルフォンスは昨夜の戦いによるダメージで不調が続いている。特に両肩、背骨、腰の悲鳴が著しい。

まあ、身動きを封じられたまま刃物で刺されたり毒物を注入されたりしたので、むしろその程度のダメージで済んでいることのほうが異常なのだが、一晩寝ても不調を引き摺《ず》るのはギフトを得てから初めてのことだった。

まるで、とてつもなく重い物をずっと背負わされていたような感覚だ。

「ジークフリートってやつのギフトのせいなんだろうけど、いったいどんな能力なんだ？」

ソファーにうつぶせに寝そべり、軋《きし》む肩や腰をベルファにもみほぐしてもらいながら、アルフォンスは自分の情けなさにため息をこぼした。

姉にマッサージしてもらっていることはともかく、これだけ強くなったにもかかわらず、結局一人の敵に手も足も出ない状況にまで追い詰められたことが、どうしようもなく情けなかった。シルファの魔法剣の助けがなければ、あのまま殺されていたかもしれないのだから。

「こんな体たらくで、本当におれ一人でフレーチカを守り抜くことなんて出来るのかなぁ」

そう考えると、ハネムーンに姉たちに付いて来てもらったことが正解のように思えてきて、なおさら情けなさと自責の念が募っていく。

「自分一人でなんでも出来ると思っているのか？」

「え？」

そんな中、うつぶせのアルフォンスの上に伸《の》し掛かっている状態で、ベルファが呆《あき》れたようにそう言った。

「どれだけ強かろうと一人の力なんてたかが知れている。この姉はもちろん、シルファだってそうだ。お前がうじうじ悩むことではない」

「でも、それだといつまで経《た》っても姉離れが出来ないじゃないか。姉さんたちがいないときにフレーチカにもしものことがあったらどうするんだよ」

「そんなもの、その辺にいる誰《だれ》かに助力を頼めばいいだろう」

ベルファのあっさりとした返答があまりに意外過ぎて、アルフォンスは思わず瞼《まぶた》を瞬かせてしまった。

「その辺の誰かって……そんな適当な」

「誰でもいい。仮に姉たちがいなくとも、お前の周りにはきっと別の誰かがいる」

ベルファは言う。

「みっともないと思わずに、本当に自分が大切に思っているものを守るためならば、その誰かに助けを求めればいい。逆に、誰かがお前に助けを求めてきたときは力を貸してやればいい。そうやって助け合って生きているのが人間だ」

「助け合う……」

「そうだ。誰もが誰かを助けられる誰かとなることで、私たちの世界は成り立っている」

現に今もアルフォンスは、重圧に傷ついた体の各所を、ベルファの手でもみほぐしてもらっている。逆に、領地経営の実務でベルファの肩こりが酷《ひど》くなったときは、よくアルフォンスが肩たたきをしている。姉弟は持ちつ持たれつの関係を実践できているわけだ。

その関係を、赤の他人とも繋《つな》げて広げていけと、ベルファはそう言っているのだ。

「ベルファ姉さんって、たまにいいことを言うよね」

「何を言う。姉はいつもいいことしか言わん。世界一いい女だからな」

ガチガチに固まっていた弟の肩甲骨をほぐして剝《は》がしながら、ベルファは冗談めかしてくすりと笑ってみせた。

「さあ、これで楽になっただろう。私はこれからシルファの機嫌を取らないとな」

「うん。ありがとう姉さん」

実際、アルフォンスの体は思いのほか楽になっていた。肉体的なものだけでなく精神的な気負いもあったのかもしれない。

「おれもフレーチカのご機嫌のために、何か良いプレゼントを探さなきゃ。でも、本当に何の用で朝も早くに外に出かけたんだろう?」

「フレーチカちゃんなら、なんかちょっとランニングに行くってさー」

そんな中、毛布で自らぐるぐる巻きになって丸まっていたシルファが不貞腐《ふてくさ》れた顔を出し、尺取虫のように床を這《は》いずりながら寝室から現れた。

「お姉ちゃんが不貞寝してるのに、フレーチカちゃんが朝早くにサウナの準備始めて騒がしかったから、サウナはいくら入っても肌は綺麗《きれい》になるけど別に痩せないよって教えてあげたの。じゃあ走り込みしてきますってさー」

「痩せる?　走り込み?　どういうこと?」

「見てたら分かるでしょ。お姉ちゃん知らなーい」

それだけ言い残して、シルファは簀巻《すま》きのまま床をごろごろと転がりながら器用にピョンと跳ねてベッドに戻っていった。

「シルファ姉さんのあの不貞腐れよう、絶対ベルファ姉さんと喧嘩《けんか》したな……」

普段のシルファなら最愛の弟の質問には懇切丁寧に答えてくれるのだが、機嫌が悪いときはああして世界一ダメな女になる。

仕方なく、アルフォンスはとぼとぼとテラスへと向かい、朝日を受けて燦然《さんぜん》と輝くリゾートの街並みに目を凝らす。

眼下を見下ろせば、今まさに軽装でホテルの外を走っているフレーチカの姿があった。

邪魔にならないよう長い黒髪をポニーテールに結び、尻尾《しっぽ》を揺らして息を切らしている。

彼女がアルフォンスに内緒でランニングを始めた理由は、単純明快。

『なあフレーチカ。体重が増えたと夫に秘密を明かせば妾《わらわ》はすぐに消えるが……』

「そんなの絶対できませんっ！」

今も右腕に小さな影として張り付いているエイギュイユの囁《ささや》きを無視し、フレーチカは自分一人の力で事態を解決すべく、ランニングに励むのであった

一方、こちらにも妻のよそよそしい態度に落ち着かない夫が一人。

言うまでもなくジークフリート・ベインである。

『ゴメン、ジーク君。ちょっとアタシ散歩行って来るから気にしないで』

妻のオデットは先ほど一方的にそう言い残したきり、外出したまま戻って来ていない。

いつもは四六時中ベタベタと引っ付いてくるほどで、ジークフリートの都合などお構いなしなのに、今朝に限って露骨に距離を置かれていた。

そもそも昨晩、敵の追っ手を撒《ま》いて逃走に成功したオデットと合流して以降、態度がずっとおかしかった。普段なら入浴中に乱入してきたり、就寝中に同じベッドで甘えてきたり、朝は必ず額におはようのキスをせがんだりするのに、昨晩も今朝も何も無かったのである。

「おかしい……」

深刻な顔でジークフリートは呻《うめ》いた。

「まさか、アルフォンス・ファゴットを仕留められなかったオレに愛想が尽きたのか？」

ベイン一族の夫婦は、伴侶より強い異性に巡り会った際、掟《おきて》のせいもあるが、普通に乗り換えてしまうことが多い。夫は今の妻より強い女を。妻は今の夫より強い男を。ベインの血族はそうして強者の道を歩んできた。

ならば、恋多き女傑として名を馳《は》せた長老オディール同様、オデットがジークフリートよりも強い可能性のある男に目移りするような事態が起きても、一族の者からすれば決してあり得ないことではなかった。

――実際は、腹部に撃ち込まれたマンイーターを蒸し焼きにして殺した後、その死骸を取り出すために腹を裂かねばならなかったため、傷が残ったせいである。

長老オディールが有する肉体活性のギフトを発動すればその傷は癒《い》えるものの、使用制限があるため、昨晩すぐにとはいかなかった。

それまでは傷ついた体を夫に見せたくないという、オデットの乙女心であろう。

だが、ジークフリートはそもそも昨晩の戦いで妻が負傷したことを教えてもらっていないし、他の一族の者が全《すべ》てシルファの手によって再起不能の有様となったこともあり、妻の隠し事に気付く余裕などありはしなかった。

「ジークフリート。少しこちらへ来い。話があるでの」

そんな中、彼は己《おのれ》の祖母であり一族の長であるオディールに呼びつけられた。

彼らが泊まっているのは、ファゴット家が宿泊しているホテルとはまた別の、裏稼業の者が利用を好む、その筋では有名なホテルだ。施設内での宿泊客同士の武力行使は制裁対象となるため、敵の多い暗殺一族であっても存分に羽を伸ばすことが可能なホテルであった。

「長老、何用だ」

ソファーに胡坐《あぐら》をかいたオディールに招かれ、ジークフリートは畏《かしこ》まった。

隣の部屋ではシルファに倒された親戚たちが寝かされ、今も悪夢でも見ているのか呻き声を上げ続けている。オディールでさえ起き上がれるようになったのはつい先ほどの話だ。

「今や戦えるのはおぬししかおらん」

「オデットは？」

「あの子は昨夜負けおった」

「なっ！　それは本当か！　相手は誰だ……まさか男では！」

「いや、女だったそうじゃ。そこは残念じゃの。それに本人は慢心を突かれただけで、次また殺し合えば必ず自分が勝つと断言しておるからの。おぬしは気にせずともよかろう」

そう言ったオディールの目の前で、ジークフリートは露骨に胸を撫《な》で下ろしていた。

「あの子は本当に若い頃のわしにそっくりじゃ。美人で気立てもよく、夫に尽くし、朗らかで明るく、その笑顔は万人の心を癒やす。暗殺者の家でなくどこぞの貴族の家に生まれておれば、国中から求婚が殺到する令嬢に育っていたであろうのう」

自分のことのように惚気《のろけ》ながら、オディールは自慢げに語った。

隣室で寝かされている親戚たちの「嘘《うそ》だ……」「寝言は寝て言え」「身の程を知れババア」という呻き声がジークフリートの耳に届いたが、彼は聞かなかったことにした。

「なのにジークフリート、おぬしはそんな可愛《かわい》いオデットをいつも邪険にしておるの。わしはそれが許せんのじゃ。おまけにいつまで経っても我が一族の流儀を良しとせず、男とばかり戦っておるの。わしらの先祖が勇者として称《たた》えられたのは千年も前の話じゃぞ？　ベインの家に生まれたからには、勇者の誉れなぞ忘れ、黙々と暗殺をこなし、自分より強い嫁を娶《めと》れ」

オディールの言葉は一族の長としての言葉だ。

しかし、ジークフリートは首を縦には振らなかった。

そんな孫の姿を見、オディールは意地の悪い微笑を浮かべる。

「昨晩わしらがボロ負けしたシルファ・ファゴットな、あれは正真正銘の怪物じゃ。一族総出で再戦しようと、まるで勝てる気がせん。だが、ああいう嫁こそベインに欲しい！」

瞳《ひとみ》を輝かせながらオディールは言葉を続ける。

「ジークフリート。おぬしなら勝てるやもしれんのう。ベイン最強のおぬしならの」

「……しかし、オレは他の女を相手にしないと妻に誓った身。それにまだアルフォンス・ファゴットとの決着がついていない」

「ファゴット家の嫡男は、回復次第わしとオデットで相手をする」

「なっ――」

長老の決定にジークフリートは絶句した。

「ほっほ。おぬしが倒せなかったほどの男じゃ。わしとオデットとの二人がかりでも勝てるかどうかは知れぬ。しかしもし負けても、良い婿が手に入ればそれで良い。オデットは器量良しじゃし、わしも新たな夫がそろそろ欲しいからのう」

「だがそれではオデットは……」

「もしもおぬしがシルファ・ファゴットをモノにすることが出来れば、やつの『略奪』によりおぬしの暗殺術とギフトはどの道奪われる。暗殺者としての価値がなくなった男にオデットと所帯を持たせておく理由はあるまいて」

「長老！」

「体術、剣術、魔術に加えて、おぬしの暗殺術をも会得した無敵のシルファ・ファゴットを新しきベインの頭領とし、わしはオデットと新しい旦那様のもとで悠々自適の隠居生活。そしておぬしは晴れて暗殺者としての道を捨て、勇者として生きていくことが叶《かな》う。万々歳じゃろが、まさに理想の結末よの」

ジークフリートの手が怒りで震えているのを眺めながら、オディールは嗤《わら》う。

「じゃが、もしそれが嫌なら、今夜までにおぬしがファゴット家の全ての標的を倒せば良い。時間はやろう。ベイン最強の名にかけて、一人で全ての敵を倒してみせい。己を勇者の子孫と思うなら、率先して自ら試練に挑むのが道理じゃろ」

オディールの決定に、ジークフリートは打ちひしがれたように立ち尽くす。

「それしか道はないと……？」

「そうじゃ。無論、シルファ・ファゴットに負けたときは掟に従え」

結論は出たとばかりにオディールは会話を打ち切る。

ジークフリートは歯を食いしばって祖母を睨《にら》みつけていたが、長老の命令には逆らえないのか、言葉もなく踵《きびす》を返した。

「待て」

その背にオディールは再び声をかける。

「ジークフリートや、ときに朝飯はもう食べたか？」

「いや……」

「腹を空《す》かせたままでは勝てる戦も勝てんじゃろうが。お駄賃をやろう」

オディールは懐《ふところ》から大金の入った財布を出し、つい先ほどまで邪険に扱っていた孫へと放り投げた。

「あと秘伝の軟膏《なんこう》も持って行け」

さらに長老は、今度は懐から塗り薬の入った瓶《びん》をいそいそと取り出し、またも孫への餞別《せんべつ》として追加で放り渡した。

至れり尽くせりの長老の態度に、しかしジークフリートは怪訝《けげん》に思う余裕もないのか、財布と軟膏をコートの内ポケットに仕舞うと、そのまま退室した。

隣の部屋からは「孫が勇者に憧《あこが》れてて嬉《うれ》しいくせに」だの「ジークも長老も好きな相手ほど邪険にする癖《くせ》やめろ」だのといった呻き声が聞こえていたが、追い詰められたジークフリートの耳にはまったく入って来なかった。

彼は幽鬼のような足取りでふらふらと宿を後にすると、あてもなく彷徨《さまよ》い始める。

長老の命令通りシルファと戦うかどうか迷っているのだろう。

あるいは、これから先の人生をこれまで同様ベインの暗殺者として生きていくか、それとも違う道を進むべきか、頭を悩ませていたのかもしれない。

気付けばジークフリートは、街の入り口に鎮座する、宝石竜ユーヴェリアの金剛鱗《こんごうりん》のもとへと足を運んでいた。

ユーヴェリアの金剛鱗は、彼が誇りとしている、勇者として数多くのドラゴンたちと戦った先祖たちの偉業、その証であった。

子どもの頃から、長老に寝物語で先祖たちの活躍を聞かされ、ジークフリートは自分も将来はそうなりたいと願っていた。

しかし今の世には倒すべき邪悪な竜などおらず、ベインの暗殺者はもっぱら各国の勢力争いに利用されるばかり。今回の依頼もそうだ。

「全てが馬鹿馬鹿《ばかばか》しい……」

ジークフリートは力なく呟《つぶや》くと、とぼとぼと金剛鱗のほうへと近寄って行く。

と、そのとき。

「待って、待ってください！」

ポニーテールの少女が、まるで散歩中の犬に引っ張られるように、ジークフリートのほうに近付いてくるではないか。

ただ一つ奇妙な点があるとすれば、少女の右腕を引っ張るような生き物の姿がどこにもいないことだ。彼女はパントマイムに興じているかの如《ごと》く、リードすら持っていない空いた右手に引っ張られていたのだ。

『見ろフレーチカ、懐かしき我が宿敵ユーヴェリアの鱗《うろこ》だぞ！』

「はしゃがないでください！　今わたしダイエットに真剣なんですけど！」

自分の右腕に引き摺られるように、少女は走りながらジークフリートのいる場所へと突っ込んでくる。一向に止まる気配はない。

そして今のジークフリートに避ける気力はない。

結果、当然の成り行きで、二人は盛大にぶつかった。

その頃、アルフォンスは一人で宝石市場を訪れていた。

フレーチカはランニングから戻ってこないし、姉たちも喧嘩中らしいので、居場所に困ってホテルの外に出ることにしたわけだが、もちろん目的はある。今度こそフレーチカへのプレゼントを買っておくためだ。

バニースーツは昨夜の騒ぎで灰になってしまったが、元よりあんな代物を夫婦で初めての贈り物にするつもりはなかったので、今回のハネムーンでのお詫《わ》びも込めてアルフォンスは決意とともに最高のプレゼントを吟味していた。

「まあ、こんな日も高いうちから暗殺者は襲ってこないだろ」

昨晩遭遇したジークフリートのことを思い返しつつも、フレーチカに似合う宝石を求めて市場の隅々を彷徨い歩く。

予算は潤沢にあるため、買おうと思えばどんな高価な宝石にも手が出せるのだが、選択肢が広がると逆に決めにくくなるのは難点だ。ただ高ければ良いというわけでもないので、宝石選びはなおさら困難を極める。

「いや、そもそもプレゼントが宝石で本当に良いのか？」

さらには迷うあまり前提すら崩れかかっており、アルフォンスは早くも行き詰まっていた。

そんな中。

「あ、これ可愛いじゃーん」

美少女がアクセサリーショップに見入っている姿を目にし、アルフォンスはつい足を止めた。

彼女の容姿に視線を奪われたのは確かにそうだが、妻帯者でありながら他の女性の美貌に目が眩《くら》んだわけではない。銀髪と白い肌を見て、ジークフリートを連想したのだ。

そう。アルフォンスが遭遇したのはオデット・ベインであった。

夫ジークフリートが長老から無理難題を吹っ掛けられているとは露知らず、オデットは腹部の傷を癒やすまでの間、宝石市場で時間潰《つぶ》しの真最中だ。

「ん？　何か用？」

アルフォンスの不躾《ぶしつけ》な視線に気付いたのか、オデットは銀の髪を軽く掻《か》き上げ、夫に向けるものとはまるで別種の冷たい視線をぶつけてくる。

「いや、じろじろ見ててごめん。ちょっと悩み事があって」

「あっそ。言っとくけどアタシ、旦那いるから」

そう言って左薬指の指輪を見せ付けるオデット。

「おれだってお嫁さんいるから。他の女の子は眼中にないから」

アルフォンスも負けじと自分の結婚指輪を見せ付ける。

「あはは、なにそれ。アタシだって他の男は眼中にないし」

それでナンパではないと悟ったのだろう、オデットは急にプッと吹き出し、頑《かたく》なな態度を軟化させた。

「実は、うちの妻に何かプレゼントをしてあげたいんだけど、何が良いか分からなくて困ってるんだ。そういうアクセサリーってやっぱり喜んでもらえると思う?」

「んー、どうだろ。アタシは旦那からプレゼント貰《もら》えるなら何でも嬉しいけど」

「何でもって言われるのが一番困る」

「うちの旦那はそういうのまったく興味ないから。いつも仕事の話ばーっかり。だから本当に貰えるなら何でもいい。その辺で拾ってきた綺麗な小石でもいい」

情熱的な眼差《まなざ》しとともにオデットは言った。嘘偽りない本心なのだろう。

「じゃあこの大粒の真珠のネックレスとか」

「それはさすがにオバサン臭くない？」

「もし旦那がこれ買って来たら？」

「絶対ない。最悪。幻滅する」

ところが舌の根も乾かぬうちにオデットはアルフォンスの指差した真珠のネックレスに強烈な拒否感を示した。これも嘘偽りない本心には違いないだろう。

「さっき小石でもいいって……」

「小石以下でしょこんなの」

単純明快にして複雑怪奇な女心の本音を前に、何を信じて良いか分からなくなったアルフォンスの迷いはますます加速し深刻化していく。

「本格的に何を買ったらいいのか分からなくなってきた……」

「しょうがないわねー。アンタの奥さんのためにアタシが買い物に付き合ってあげるわよ。こっちも当分やることないし」

「じゃあ、よろしくお願いします」

オデットの快いお節介を、アルフォンスは甘んじて受け入れる。

こうして二人は、お互いの正体を知らないままショッピングを始めることに。

——その様子を、離れた場所から監視している者がいた。

「これはミスカップリングですわ！」

カップル成立の瞬間は必ず見逃さない女、チェキララである。

チェキララは愕然とした面持ちでサーティーンの虫たちが映し出している中継映像を眺めながら、デート同然の行為をしているアルフォンスとオデットの姿に震えていた。

そして別の場所でも、お互いの正体を知らないまま会話を弾ませている男女がいた。

フレーチカとジークフリートだ。

「これもミスカップリングですわ！」

フレーチカとジークフリートの二人は、今も街の入り口に展示されている宝石竜の金剛鱗の前にいる。ぶつかってからすでに結構な時間が経っているが、あれからずっと話し続けている。

アルフォンスはベインの暗殺者について姉たちから詳しい説明を受けておらず、フレーチカもエイギュイユの復活に動揺してそれどころではなかった。二人は各々が遭遇した暗殺者の容姿の情報を共有していない。

そしてジークフリートは、標的のうち同性であるアルフォンスの顔しか確認していないのでフレーチカの顔は知らなかったし、オデットも夫から女性陣の顔しか確認させてもらえなかったので、アルフォンスの顔は知らないまま。

こうして、暗殺の標的となっている貴族夫婦と、その命を付《つ》け狙《ねら》う暗殺者夫婦は、あろうことか互いの伴侶を交換するような形で知り合ってしまったのであった。

「フレーチカ様が何をお話しされているのかわたくし気になりましてよ！」

「チェキララ様はご病気です」

二人の会話内容が気になるあまり映像にこれでもかと顔を近付けているチェキララに対し、背後に控えたサーティーンがため息をこぼしていた。

チェキララたちが今いるのは、ホテルのロイヤルスイートではない。

部隊にベインの内通者がいた以上、同じ拠点を使い続けるのは危険だ。よって彼女たちは部屋を引き払い、今は街郊外にテントを張って臨時のアジトに潜伏している。

昨晩その内通者に倒されて意識を失っていた部下たちも戦線に復帰し、今はチェキララたちと合流していた。

「サーティーンさん！　お二人の声を拾えるくらい接近してくださいまし！」

チェキララの指示を受け、サーティーンはフレーチカたちを監視させていた虫を手際よく寄せていく。ここ数日ですっかりストーキングに長《た》けてしまったサーティーンであった。

「音声入ります」

『――奥様と仲直りがしたい？　夫婦喧嘩中なのですか？』

まずフレーチカの声が聞こえてきた。

どうやら彼女はジークフリートの身の上相談に乗ってあげているようで、落ち込んでいるジークフリート相手に親身になっている様子だった。

『いや。喧嘩というほどではない。オレの一族では夫婦喧嘩は殺し合いを意味する』

『それは特殊なご家庭ですね……』

『ただ、ちょうろ……祖母からは離婚をほのめかすようなことを言われてしまった。きのう仕事を初めてしくじったのが原因だろうな。妻に知られると幻滅されるかもしれない』

『お仕事の失敗なんて誰にでもありますよ。それに、たかだか一度のミスで愛想を尽かしてしまうような奥様ではないと思います』

ジークフリートは完全にフレーチカに励まされていた。

性格が後ろ向きな者同士、相手にかける言葉が噛《か》み合《あ》ったのだろう。

『奥様に何かプレゼントしてみてはいかがでしょうか。きっと喜んでもらえると思いますよ。実は私の夫もその、服をですね……、服なんでしょうか……？　ともかく、贈り物を用意してくれていたんです。色々あって燃やされてしまったんですけど……』

『燃やされたとは穏やかではないな。火をつけたヤツの顔が見てみたい』

波長が合うのか二人の話はなかなかに弾んでいる。

反比例するようにチェキララの表情はムムムと険しくなっていく。

「チェキララ様。アルフォンス様たちの会話も拾えますが、いかがなさいますか」

「当然そちらも聞きますわ。盗み聞きは淑女のたしなみですわ」

サーティーンは呆れつつも、アルフォンスたちへと近寄らせていた虫に合図を送る。

『――奥さんと仲直りしたい？　夫婦喧嘩でもしてるの？』

そうして飛び込んでくるオデットの声。

『いや、喧嘩ってわけじゃないけど、せっかくのハネムーンなのにちゃんと二人きりの時間を作ってあげられなくて、失望されているかもしれない。正直、自分でもがっかりされて当然だと思ってる。今朝もずっと避けられていたし、だから、プレゼントにはお詫びの気持ちも込めようと決めているんだ』

続けてアルフォンスの声。こちらもジークフリートと同じく真剣そのものだ。

『やっぱり、プレゼントは形として残るものじゃないとダメね』

映像の中のオデットは自信満々にそう言った。アルフォンスは大真面目《まじめ》な顔で彼女の言葉に聞き入っている。

『やはり、プレゼントは思い出として残るものが良いと思います』

もう一方の映像の中では、フレーチカが真逆の意見を口にしていた。そしてジークフリートもそのアドバイスにうんうんと頷いている。

「お二人とも意見を求める相手を間違えていますわ！　そうじゃないんですのよ！」

チェキララが叫ぶ。

『いくら奥さんがグルメでも食べ物で済ませるのはダメでしょ』

続けてオデットが言う。

『二人用のストローで一つのドリンクを飲むとか、憧れちゃいます』

負けじとフレーチカも言う。

『その点、宝石だったらずっと手元に残るから。夫婦の絆《きずな》が一生残るって素敵よね』

オデットは顔を輝かせてポジティブに語っていた。

『逆に宝石は万一無くしてしまったらと思うと、それだけで喪失感に耐えられません……』

フレーチカは持ち前のネガティブさを炸裂《さくれつ》させていた。

そしてアルフォンスもジークフリートも大真面目で相手の話を真に受けていた。

「ああああああああああ！」

すれ違いを重ねていく夫婦の姿を前に、チェキララの慟哭《どうこく》は続く。

と、そこで、静かに話を聞いていたサーティーンが一言。

「形として残るものと、思い出として残るもの、チェキララ様なら夫婦の贈り物にはどちらがよろしいと思われますか？　私も個人的な参考にさせていただきたく」

「そんなの両方あったほうが良いに決まってておりますわ！」

「ごもっともで」

チェキララの言うことは誰もが納得するほど理に適《かな》っていたが、根明同士のアルフォンスとオデット、そして根暗同士のフレーチカとジークフリートでは、お互いの至らない点を補い合ってその結論に辿《たど》り着くことは不可能であった。

「だからわたくしはあれほどフォークとフォーク、ナイフとナイフではお食事が成立しないと前々から説いていたんですのよ！」

ことカップリングに関しては一家言を持つチェキララは、猛然と吠《ほ》えた。

「ところでチェキララ様、これは不味《まず》くありませんか？」

「そうですわよ！　激マズですわ！」

「いえそうではなく、このままですとアルフォンス様たちとフレーチカ様たちが鉢合わせしてしまいますが」

「え？」

平常心を失っていたチェキララは、サーティーンの言葉を聞き、いつもの冷静さを取り戻して映像を確認した。見れば、フレーチカたちが立ち話している宝石竜の金剛鱗のもとへ、今まさにアルフォンスたちが訪れようとしているところだった。

「本当に不味いですわ！」

このままでは二組の夫婦が、自分の伴侶が別の異性と楽しく語り合っている姿を、同時に目撃してしまうこととなる。チェキララの焦《あせ》り様は当然だった。

『この宝石はどう？』

『小石よりはマシね』

が、広場に入る手前でアルフォンスとオデットの足が止まった。

そこには小さな露店があり、売り出されている商品に二人の気が取られたのだ。

『こんな魔法結晶が、宝石竜ユーヴェリアの最高傑作……？　その割には半透明だし、他の宝石みたいにキラキラ輝いてもいないし、値段もそんなに高くないし』

アルフォンスは手のひら大の平べったいクリスタルプレートを手に取り、胡散臭《うさんくさ》そうに首を傾《かし》げている。

『お店のおじさん、これ本当に宝石竜の最高傑作なの？　え？　今ならカップル限定で半額？最高傑作なのに売り方が雑すぎない？』

美を愛した宝石竜の最高傑作と呼ぶにはあまりに平凡なプレートだ。アルフォンスが詐欺を疑うのも無理はなく、おまけに値下げ交渉もしていないのに店主が自発的に価格をどんどん下げ始め、最早《もはや》たたき売りだ。

『まあ、その値段なら騙《だま》されてもいいか。買っておこう』

「店主のおじさまナイスですわー！」

しかしアルフォンスたちの気を引くという意味では大成功なので、チェキララは思わずガッツポーズ。

店主が時間を稼いでくれている隙に、フレーチカたちが移動するか別れるかしてくれればと祈るチェキララであったが――

『そんなに安いならオレにも売ってもらおう』

店主の熱のこもった値引きトークを聞きつけたのか、あろうことかジークフリートがフレーチカを伴って店頭へとやって来てしまっていた。

「何してますの店主のおじさまあああああ⁉」

「フレーチカ？」

「アルフォンス？」

露店の前でばったり遭遇した新婚貴族夫婦が互いに目を見張る。

「オデット？」

「ジーク君？」

その隣では、やはり新婚暗殺者夫婦が驚きに我が目を疑っている。

愛する伴侶が自分に内緒で別の異性を伴っている光景に動揺しない者はいないだろう。二組の夫婦、その双方の夫も妻も、自分以外の異性とデートしていたのだ。

「これは違う！」

「違うんです！」

「まったくの誤解だ！」

「そうなの誤解なの！」

四人が四人とも切羽詰まった声で同時に叫んだ。

「そっちのお前は昨日のジークフリート！」

「まさかオデットさん？」

「そう言う貴様はアルフォンス・ファゴット！」

「誰かと思えばフレーチカじゃん！」

さらに叫びは交錯する。

フレーチカはジークフリートの隣から逃げるように離れ、オデットもアルフォンスの隣から飛び退く。だがアルフォンスもオデットの隣から離れようとし、ジークフリートもフレーチカの隣から移動しようとしたので、すでに何が何やらしっちゃかめっちゃかである。

結果、何故《なぜ》かアルフォンスの隣にジークフリートが。そしてフレーチカの隣にはオデットが収まった。奇《く》しくも昨晩に命のやり取りをしたばかりのペア同士であった。

一触即発になるかと思いきや、今は戦う相手より配偶者の誤解を解くことを優先すべきと判断したのか、はたまた四人全員が強いショックを受けていてそれどころではないのか、誰も臨戦態勢を取る気配すらない。

その中にあって最初に動いたのはアルフォンスであった。

「おれは、自分がまったくやましいことをしていないとフレーチカに誓える！　そしてフレーチカがやましいことをしていないと言うなら、必ずその言葉を信じる！」

誰もが誰に何を言えばいいのか分からない中、アルフォンスの叫びは混乱を切り裂いた。

「アルフォンス……」

根拠も何もなく言い訳にすら聞こえない叫びだったが、夫が誠心誠意そう言っていることは伝わったのだろう、感動に涙ぐむフレーチカ。

とにもかくにもこの場の四人で最も真っ先に本音を吐露したことが、結果的にアルフォンスの潔さを際立《きわだ》たせる結果となった。もしも今の状況を夫婦対抗の競技に喩《たと》えたならば、間違いなくファゴット夫妻ペアに一点の先制点が入っただろう。

一方、リードを取られたベイン夫妻ペアは鼻白む。

「わたしもアルフォンスを信じます。そして、アルフォンスの信頼を裏切ってなどいないことも誓います」

『――しかしフレーチカはお前に隠し事をしているようだぞ？　妾が目覚めているのが何よりの証拠であろう』

だが、フレーチカが返事をしたその瞬間、最悪のタイミングでエイギュイユが横槍《よこやり》を入れてきた。

エイギュイユが微力なりとも力を取り戻しているということは、フレーチカがアルフォンスに何らかの秘密を作ったことに他ならない。

まさか封印した美食竜が再び甦《よみがえ》っているとは夢にも思っていなかったのか、フレーチカの右腕に浮き出た邪竜《じゃりゅう》の影を見、今度こそアルフォンスは言葉を失う――かに見えた。

「くどい！　信じると言ったからには何があっても信じる！　お前の姿を見せられたくらいでおれの決意は揺らがない！」

この状況にあって間髪を入れずにフレーチカを信じ抜くアルフォンス。

その言葉と表情に一切《いっさい》の迷いはなかった。

「アルフォンスぅ……」

『ちっ』

無条件で信じてもらえたことでフレーチカの涙腺は完全に決壊し、二人の夫婦仲の不和を煽《あお》るという目論見《もくろみ》が不発に終わったエイギュイユは、悔しげに舌打ちをこぼした。

『妾の揺さぶりも効かぬか。相変わらず食えぬ男め』

ジークフリートとオデットは突然の影の声に面食らっていたが、それ以上にファゴット夫妻のさらなる絆を見せつけられたことで、完全に浮き足立ってしまっていた。

「ジーク君、こいつらがアタシたちの標的なんでしょ！」

昨晩殺し損ねたフレーチカの夫が先ほどまで自分の隣にいた青年だったことを知り、オデットも察したのだろう、逸《はや》る気を抑えきれない様子でそう言った。

「……あ、ああ」

「だったら今ここで殺っちゃおうよ！」

煮え切らない態度のジークフリートに対し、焚《た》きつけるようにオデットは言葉を続けた。

「やるのなら相手になるぞ」

アルフォンスもすでに気持ちを切り替えている。戦意が漲《みなぎ》っているのは、エイギュイユが姿を現したことが関係したのではない。妻への信頼の言葉を口にした時点で、自分の言葉で自身を強化していたのだ。

ギフト『愛の力』による自己暗示と言うべきだろう。今のアルフォンスは、妻への愛を叫ぶだけでいつでも自らの力を高められる域に達していた。

「アルフォンス、実はわたしは――」

『秘密を明かすつもりなら後にしておけ、フレーチカ』

何事か言いかけたフレーチカの言葉を、エイギュイユが制止する。

『アルフォンスに一対二で戦わせるつもりか？』

「えっ？」

『加勢してやると言っているのだ。勘違いするな、お前の身にもしものことがあれば妾も一蓮《いちれん》托生《たくしょう》だからな。それ以外に手を貸してやる理由はない』

エイギュイユのあまりと言えばあまりに意外な意思表示に、フレーチカは戸惑いを見せるも、その口をつぐんだ。

今ここでアルフォンスに自分の体重が増えたことを打ち明ければ、たちまちエイギュイユは力を失い、フレーチカは元の無力な状態に戻ってしまうだろう。二人の暗殺者を前にしている今、その選択はアルフォンスの足を引っ張るだけだ。

「だいじょうぶだよ、フレーチカ。どんな事情があっても、黙っていて構わない。おれが君を信じている限り、おれの強さはブレない」

「はい！」

夫の言葉に大きく頷くと、フレーチカはエイギュイユの影が宿った右腕を掲げ、ジークフリートたちへと向き直る。

これで曲がりなりにも二対二。数で言えば対等だ。

四人のうち三人が戦う覚悟を決めている。

今なお迷っているのは、ジークフリートだけだった。

「どうしたのジーク君、いつもみたいにクールに殺しに徹しなさいよ！」

いつまでも逡巡《しゅんじゅん》しているジークフリートに対して業を煮やしたのか、オデットは苛立《いらだ》ちを見せている。

だが、ジークフリートには今どうしてもここで戦う気になれない理由があった。

「オデット、やはり駄目だ」

「なんで⁉」

夫の決断に、オデットは悲鳴に近い声で反発した。

「ここは退く」

あくまで冷静にジークフリートは告げる。

彼は別に、アルフォンスに気圧《けお》されたわけでも、謎《なぞ》めいた竜の影と息を合わせたフレーチカを脅威に感じていたわけでもない。

「だからなんでよ！」

「優先順位がある。今この二人と戦って消耗するわけにはいかない」

ジークフリートの声は切実だった。

「先にシルファ・ファゴットを確実に斃《たお》す」

そう。彼の懸念はシルファの存在にあった。

今からアルフォンスたちと戦い、仮に暗殺に成功したとしても、無傷で勝利できるような相手でないのは明白だ。手傷を負った状態でシルファと戦うのは、ジークフリートにとって必ず避けたい局面であった。

何故ならば、ジークフリートがアルフォンスに負けたとしても掟は発動しないが、シルファに負けてしまえば掟に従わざるを得なくなるからだ。

先に万全の状態でシルファに挑み、アルフォンスとの戦いはその後に回すのが、ジークフリートにとっては最善の選択だった。ここでアルフォンスに勝てたとしても、その後シルファに負けてしまっては、オデットとの結婚生活は終わってしまうのだから。

「おい！　今誰の姉に手を出すって言った！」

激怒の面持ちでアルフォンスが叫ぶ。

自分の命が狙われる以上に、姉の命が狙われていることが許せないのだろう。シスコンならば当然の反応だ。

だが、それ以上の反応を示す人物が一人いた。

「……ジーク君、いったい何言ってるの？」

表情の抜け落ちた顔つきで夫の横顔を呆然《ぼうぜん》と見つめるオデットだ。

「あの二人は後回しだ。長老でも勝てなかったヤツらの姉を仕留めるのが先だ」

「なにそれ。今まで絶対に女とは戦わなかったくせに、アタシにそう誓ってくれたくせに、急に他の女との殺し合いを優先するって言うの？」

わなわなと肩を震わせ、オデットは怒りを絞り出すようにそう言った。

「その、シルファ・ファゴットって女が強いから？　だから気が変わっちゃった？　そうよね、いつもベインの掟は絶対だって言ってたもんね。より強い異性に求婚するのがアタシたち一族の決まりだもんね」

「違うオデット！　オレは長老に言われて――」

「アタシより、その女がいいんだ」

最愛の妻と引き裂かれないための選択であると、そう伝えて誤解を解《と》こうとするジークフリートだったが、口下手が災いして気の利《き》いた言葉が出てこない。

その間にもオデットの激情は見る見るうちに冷めていく。

突如として夫婦喧嘩を始めた二人の姿に、アルフォンスもフレーチカも戸惑うばかり。

『まさか、あの娘！』

そんな中エイギュイユが急に叫んだ。ただならぬ様子で狼狽《ろうばい》する美食竜にアルフォンスたちの困惑はさらに強まる。

「薄々分かってた。ジーク君、いつもアタシに冷たいし、邪険にするし、もっと二人っきりでいっしょにいたいのに嫌がるし、昔みたいに手も握ってくれないし、子どもの頃みたいにお風呂《ふろ》も入ってくれなくなったし、同じベッドに入ったら逃げるみたいにそっぽ向くし、おはようのキスはいつだって渋々だし」

普段は陽気に振る舞うオデットが初めて見せた落胆に、ジークフリートも言葉が出ない。

本当なら、彼は自分の想《おも》いを妻に伝えなければならなかった。

夫婦として互いを信じ抜くためには、アルフォンスとフレーチカのように、言葉の力が必要だった。しかし、すでに手遅れ。

ジークフリートに対するオデットの好感度はゼロを突き抜け、マイナスの領域へ。そうして最悪のギフトが真の覚醒《かくせい》に至る。

「もう無理。冷めた」

悲しみに沈んだオデットの、その呟きを最後に。『百年の恋』が冷めて、彼女を中心とした周囲一帯が凍りつく。

それはまさに恋が終わるような速さで、クリスタルリゾートは一瞬のうちに冷気に閉ざされ、その名に違わぬ、結晶の世界となった。

——アルフォンスが次に目覚めたのは、狭苦しいテントサウナの中だった。

「え?」

身を起こし、思わず周囲を見回す。

左隣にはフレーチカが、そして右隣にはあろうことかジークフリートが寝かされている。

二人とも気を失っている様子だ。

「おれたち、さっきまで街の広場にいたはずじゃ……」

あまりに突然のことに、頭の理解がまったく追いつかない。

先ほどまで街の広場で暗殺者夫婦と対峙《たいじ》していたはずなのに、どうしてこんなところで眠っていたのか、皆目見当もつかなかった。

不審そうに眉《まゆ》をひそめるアルフォンスだったが、すぐに違和感を覚えた。

彼ら三人が寝かされているテントサウナ内はストーブが焚かれ、蒸気に包まれている。

にもかかわらず、寒い。

テントと言ってもサウナである以上、密閉空間を蒸していることに変わりない。本来ならとても眠っていられないくらい熱くなるはずだ。

だが、その熱さを貫通するほどの寒気がアルフォンスの体を苛《さいな》んでいる。

肌から伝わる全てが今は酷く冷たい。

「いったい何が……」

『外に出てみれば分かる』

アルフォンスの疑問に答えたのは、眠れるフレーチカの右腕に今も刻印として浮かんでいる小さな竜の影であった。

「エイギュイユがおれたちをここへ？」

『街の外へ運んだのは確かに妾だ。ただ、咄嗟《とっさ》のことであった上に、今の妾が使える力はほんの僅か。影の中へと退避させて救い出せたのはお前たち三人だけだったがな』

三人だけ。

その言葉に言いようのない不安を覚え、アルフォンスはテントから出た。

外に広がっていたのは、極寒の景色であった。

テントの幕を開いた途端《とたん》、外を吹き荒れる強烈な吹雪の冷気が雪崩《なだ》れ込んでくる。布で仕切られた程度のサウナでは、熱気など感じないのも当然だ。

「何だよ、これ……」

アルフォンスの愕然とした呟きも、周囲の吹雪に吸い込まれ、反響すら許されずに掻き消される。

外は完全な、一面の銀世界だった。

視界は猛吹雪に遮《さえぎ》られ、頭上は分厚い曇天に覆《おお》われている。元いたクリスタルリゾートの美しいカラフルな街並みはおろか、海岸線すらどこにも見当たらない。

目を凝らしても、視界に映るのは分厚い氷の壁のみ。

大地は全て豪雪に覆われ、海は丸ごと凍りつき、南国の楽園を思わせた観光地の面影も氷に閉ざされ、まるで永久凍土であった。

第七章

恋する最終地獄《ジュデッカ》

変わり果てた水晶海岸を前に、アルフォンスは立ち尽くす。

ありとあらゆる宝石で飾り立てられていた天国のような景色が、氷に閉ざされた不毛な地獄と化していたのだから。

「ここは、いったいどこだ……？」

『水晶海岸に決まっていよう。もっともお前に理解できぬのも無理はない。今の光景はまるで、この地に宝石竜ユーヴェリアが君臨していた千年前の光景さながらだからな』

声も体も震えるアルフォンスの疑問に答えたのはエイギュイユだ。

かつて宝石竜が住処《すみか》としていた頃の水晶海岸は、絶対零度の世界に閉ざされ、立ち入った全《すべ》ての人間たちが魔法の結晶によって氷漬けにされ永久の眠りに落ちたという。アルフォンスの目の前に広がる景色は、まさにその時代の再現であった。

「さ、寒い……」

「ここはいったい……」

流れ込む極寒の冷気のせいでフレーチカとジークフリートも目を覚ましたらしい。

Shinkon kizoku junai de saikyou desu

サウナの熱気など何の足しにもならない中、二人は震えながら身を起こす。

「シルファ姉さんとベルファ姉さんは……」

『救えたのは三人と言っただろう。お前の姉たちは、どちらも氷の向こう側だ』

エイギュイユの返答に、アルフォンスは唇を噛《か》む。目覚めたばかりで現状把握すら出来ていないフレーチカも、この宣告には無言で息を呑《の》んでいた。

外界はすでに、人間が生存できる世界ではない。

この有様では、アルフォンスの姉たちはもちろん、クリスタルリゾートにいた多くの人々も、すでに氷漬けになっているかもしれない。テントサウナですら寒さを凌《しの》げない状態だ。もしもこの吹雪の只中《ただなか》で建物の外に長時間いようものなら、すぐに体力を奪われ凍え死ぬだろう。

「姉さんたちは、無事……なのか？」

恐怖と冷気で顔を青ざめさせながらも、アルフォンスはエイギュイユに尋ねた。

『妾《わらわ》の復活が完全であったならすぐに分かったであろうが今の妾では何も分からん。もっとも、この氷結地獄の如《ごと》き光景はギフトによって生み出されたもの。たとえ氷に閉じ込められていたとしても同じギフトの力であれば解除できるかもしれん』

エイギュイユの言葉に僅かな希望を見出しつつも、それとは別に、アルフォンスは己《おのれ》の耳を疑わざるを得なかった。

「この吹雪が、ギフトの力だって？」

『そうだ。お前たちと敵対していた銀髪の娘の力だ』

「……待て」

ジークフリートが二人の会話に割り込む。

「オデットのギフトは熱と炎を操《あやつ》る『百年の恋』で、これほどの冷気を操る力ではない」

『それはお前への恋心が冷めたからだろう』

「なんだと……？」

『感情を力の源泉とするギフトは得てして強力なものが多い。アルフォンスのようにな』

エイギュイユの影はフレーチカの体の上を移動しながら、冷や汗が止まらない様子のジークフリートへと向き直る。

『大方、伴侶への愛情の増減によって炎の温度と火力が変動する類のギフトだったのだろう？　ならば、お前への恋愛感情がゼロを振り切りマイナスとなった今、氷雪が暴走する力に変質していても何らおかしくはない』

エイギュイユの指摘の通りであった。

オデット・ベインの『百年の恋』は、オデット自身はもちろん、夫であるジークフリートも、長老や他の一族たちも、炎熱を操るギフトだと今まで認識していた。

しかし実際は、結婚後の彼女がジークフリートに恋慕の熱情しか向けたことがなかっただけの話で、ギフトは元から氷雪を操る力と表裏一体だった。そしてオデットの感情の振れ幅があまりに大きかったため、極寒の絶対零度を生み出すほどに至ってしまったわけだ。

『婚姻者の感情の大きさで威力が左右され、効果が無限に増していくホーリーギフトのことを、妾の他のドラゴンたちはアンリミテッドと呼称し恐れていた』

「では、アルフォンスの力も？」

『当然アンリミテッドだろうな。でなければこの美食竜エイギュイユが後れを取るものか』

フレーチカの疑問にエイギュイユは腹立たしそうではあったものの律儀に応《こた》えた。

一方、フレーチカと竜の影の会話を聞き、ジークフリートが眉《まゆ》をひそめる。

「美食竜エイギュイユ？　お前が……？」

『然《しか》り。千年前のこの地でお前の先祖たちとともにユーヴェリアを倒したのが妾だ。その銀髪、かつてのドラゴンベインの勇者たちの中に同じ髪をした夫婦がいたぞ。懐かしさのあまりついお前まで助けてしまったわ』

遥《はる》か昔を懐かしむ竜の信じがたい言葉に、勇者の末裔《まつえい》でありながら今は暗殺者にまで落ちぶれたジークフリートは、強く己の唇を噛んだ。

と、そのとき。

「皆様、お目覚めのようですわね」

テントサウナの入り口に防寒具を着込んだ人影が現れ、この状況の中にあってなおおっとりとした落ち着きのある微笑を見せた。

「チェキララさん！」

その人物が知り合ったばかりの知人であったので、フレーチカは驚きの声を上げた。

「………えっ⁉　キララ⁉」

一方、それ以上の大声を上げたのがアルフォンスだった。突然自分の元婚約者がこんなところに現れたのだ。当然の反応だろう。

「ええ。お久しぶりですわね、フレーチカ様。そしてアルフォンス様」

チェキララは先にフレーチカへと軽く頭を下げた後、久しぶりに直に顔を合わせた元婚約者のアルフォンスに対し、雪の積もる中でもステップを交えた軽《かろ》やかな会釈を披露した。

「なんでキララがここに⁉」

「ともかく皆様、お目覚めになったのなら中央情報局の本部テントへ移動をお願いしますわ。こちらは凍傷を負われた避難民の方々に使っていただかないといけませんので」

思わず身を乗り出すアルフォンスの顔を軽く押し退けながら、チェキララは一同を別のテントへ誘導する。

周囲には他にも多くのテントが用意され、サーティーンやその部下たちの手で、間一髪のところで凍結を免れた避難民たちが担《かつ》ぎ込まれていた。

監視用の中継映像を通じて全ての成り行きを見ていたチェキララは、すぐさま潜伏中だった街郊外の臨時のアジトを中心に野営地を作り、避難民の受け入れを行ったのである。

　オデットの間近にいた三人がエイギュイユの影移動によって救われた瞬間も目撃しており、気を失った三人の回収を行ったのもチェキララたちだった。

　チェキララはサーティーンを伴い、アルフォンスたちとともに本部テントの中へ入りながら、言葉を続ける。

「わたくしにも色々事情がありまして、今は王太子殿下の配下の方々がついていてくれておりますの。彼らがおっしゃるには、クリスタルリゾートを呑み込《こ》んだオデット様の『百年の恋』の永久凍土の効果範囲は今も拡大を続けているそうですわ。それこそ、いずれ王国そのものを呑み込むほどの勢いで……」

『その程度で済むはずがない』

　チェキララの言葉を遮《さえぎ》る形でエイギュイユは言う。

『被害は周辺諸国にも及び、直に大陸全土を氷で覆《おお》いつくし、果てはこの星に氷河期をもたらすだろう。それはあらゆる生命を滅ぼす氷結地獄。オデット・ベインを中心として円形に拡《ひろ》がり続ける逃げ場のない氷の牢獄《ろうごく》——最終地獄《ジュデッカ》だ』

　エイギュイユが示唆した人類滅亡のカウントダウンに、アルフォンスたちは言葉を失う。

「それではまるで、世界終焉《しゅうえん》の失恋ですわね」

　チェキララの顔にも緊張の色が見える。

　オデットの失恋を引き起こしたジークフリートは黙ってうなだれるしかなかった。

『もっとも、ギフトの力は婚姻者が死ねば失われる。世界が氷漬けになる前にあの娘が己の力の暴走で凍死でもしてくれたなら、生き残る道もあろう』

「……オデットの『百年の恋』は、反転する前の時点では、オデット自身には火傷一つ与えたことはなかった」

顔を上げないままジークフリートはエイギュイユの希望的観測を否定した。冷え切った『百年の恋』の力がオデットの身を害することはないと、そう言ったのだ。

「シルファ姉さんみたいな極一部の例外を除けば、死ななくても離婚すれば消えてなくなるんじゃなかったっけ。だったら、今ここでこいつと婚姻破棄させればいいんじゃ?」

アルフォンスはそんなジークフリートを前に、代案を口にした。

先日のエイギュイユとの戦いで、アルフォンスのギフトを消滅させようとしたエイギュイユの行動を思い出していたのだろう。

『確かに、離婚とはつまり聖婚の魔法による契約の破棄を意味する。だが、婚姻者がギフトの力を失ったとしても、すでに発動している氷結地獄が消えることはないだろうな』

アルフォンスの案を蹴《け》って、エイギュイユは冷徹に告げる。

『世界を救うつもりなら、方法は一つしかない。オデット・ベインの抹殺だ』

その言葉にジークフリートは強く唇を噛み締《し》めた。

――彼は、幼い頃から、先祖のような勇者になることを夢見ていた。

しかし時代はすでに千年前とは違う。人類を滅ぼすような巨悪は今の世界のどこにもおらず、ベイン一族は暗殺稼業を生業とするほどに落ちぶれた。

心のどこかで待ち望んでいた人類存亡の危機が、今まさに訪れている。だが、世界を救うために倒すべき巨悪がまさか妻のオデットになろうとは。

「呪《のろ》わしい……！」

ジークフリートは拳《こぶし》を震わせ、絞り出すようにそう呟《つぶや》いた。

アルフォンスやフレーチカ、それにチェキララは、事態の深刻さに心を乱されながらも続くエイギュイユの言葉を待った。

『……もっとも、今のオデット・ベインを殺すのは容易なことではないぞ。あの娘の周辺一帯はおそらく完全な絶対零度になっている。あらゆる運動エネルギーが消滅する、生者が決して立ち入れない領域だ』

「つまり、おれがのこのこ入っても……」

『心を動かすにもエネルギーが要る。お前がどれだけ妻を愛し、どれほどの力を発揮しようと、心すら凍《い》てつく絶対零度の世界に足を踏み込めば、待っているのは完全な静止だ。身も心も、生命の死すらそこに至ることなく、時が止まるように全てが凍りつくだろう』

エイギュイユは諦観を突きつけるように言った。

姉たちの無事を願うアルフォンスは現実に打ちのめされ、悔しげに歯噛みする。

「アルフォンス……」

フレーチカはそんな夫を慰めるように、震えるアルフォンスの手のひらの上に自分の手を重ねた。

「オデットさんの心を溶かすことは出来ないいんですか？　ギフトの力が反転しているのなら、もう一度反転させれば元に戻りませんか？」

姉たちを救いたいのはフレーチカも同じだ。彼女はそのままアルフォンスの手を強く握り、竜の影へと切実な声で問いかけた。

エイギュイユは再びジークフリートを見ながら告げる。

『この男に妻を惚《ほ》れ直させることなど不可能だ。絶対零度は物質の運動エネルギーを停止させ、光すら粒子化させるほどの、全宇宙で最も低温の世界。心を動かす力が静止した中では、マイナスに振りきれた愛情を揺さぶることも出来まい。それとも、お前たち人間の語る愛とやらは心が動かなくても感じられるものなのか？』

挑発めいたエイギュイユの返答に、質問を口にしたフレーチカはもちろん、傍《かたわ》らで聞いていたアルフォンスとジークフリートも押し黙るしかない。

しかしそんな中、口を開く者が一人いた。

「絶対零度の世界を突破できればよろしいのでしょう？」

チェキララだ。彼女はフレーチカの肌の上に浮かぶ正体不明のドラゴンの影相手にもまったく臆せず、冷静に状況を受け止めていた。

「それが可能な人物に一人だけ心当たりがございますわ。王国の第二王子、『ノーダメージ』のギフトを所持されているフレデリック殿下ですわ」

「確かに、第二王子殿下のお力ならば……！」

チェキララの提案に、今まで沈痛の顔で黙り込んでいたサーティーンは瞳《ひとみ》に小さな希望の輝きを取り戻す。

一方、自分の父の名前が出てきたことで、フレーチカは密《ひそ》かに息を呑む。が、フレデリックとフレーチカが父娘であるという機密情報を知らされていないチェキララは、フレーチカが反応を示した理由が分からず首を傾《かし》げるばかり。

そんな中、エイギュイユは上機嫌に影の尻尾を振る。

『なるほど。フレデリックのギフトならば絶対零度であろうと干渉は受けないだろう。問題なくオデット・ベインを殺せる。世界を救うためなら選択を躊躇《ためら》うような甘い男でもあるまい。賢いな、そこな娘。それが最善の解決策だろう。妾も人類に死滅されるのは困る。すぐにあの男に連絡を入れるがいい、それで世界の危機は食い止められるはずだ』

だが、声を弾ませているのはエイギュイユだけで、オデットの夫であるジークフリートはもちろんのこと、アルフォンスもフレーチカも、それに最善策を口にしたチェキララ自身も、皆一様にその表情は暗い。

絶対零度の法則が災いし、オデットの心に熱情を取り戻せないのであれば、世界を救うために彼女を殺すしかない。

アルフォンスとフレーチカは別に、オデットの身を案じる必要は本来ないはずだ。命を狙《ねら》われているのだから、後腐れなくいなくなってくれたほうが実害も減るというもの。

だが、彼女の死を願う気持ちには到底なれなかった。

ジークフリートとオデットの夫婦に、同じ夫婦として思うところがあるのだろう。

「…………っ」

ジークフリートは無言のまま、ふらつく足取りでゆっくりとテントから出て行く。

「お、おい！　ジークフリート、この吹雪の中を出歩くのは――」

アルフォンスは自殺行為に等しいジークフリートの行動を制止させようとしたが、それ以上、その背にかける言葉を持たなかった。

『結論は出た。早く王都へ伝令を出せ』

残された三人に対し、エイギュイユは冷徹に告げた。

アルフォンスもフレーチカも、シルファとベルファの命は救いたい。しかし、これが最善の策であると説かれても、素直に納得して受け入れることが出来ずにいた。

「――わたくしは、愛が世界を救うと信じておりますわ」

そんな中、再びチェキララが口を開く。

「キララ?」

「チェキララさん……?」

「逆に、愛で救えない世界なら滅びて構わないと思うこともありますわ」

彼女はアルフォンスとフレーチカを眩《まばゆ》い瞳でしかと見つめ、真剣な声色でそう言った。

「わたくし自身はギフトを持たない一介の小娘ですので、世界の危機を前に何かお役に立てるような力はありません。ですが、それでもお二人にお聞きいたします。このままフレデリック殿下への救援要請を行ってしまって、本当によろしいんですの?」

「それは……」

「アルフォンス様。ご自分のお心に素直に従ってくださいまし。わたくしたちには、まだ動く心があるのですから」

そう言って、チェキララはフレーチカへと笑いかける。

「そうでなければ、わたくしも自分の心の赴くまま、親の決めた婚約破棄を機にフィアンセであったあなた様をフレーチカ様にお譲りした甲斐《かい》がありませんもの」

「え? えっ、えええええ?」

突然の告白にフレーチカは目を丸くして驚愕《きょうがく》した。

「チェキララさんが、わたしの夫の元婚約者だったんですか? あの、婚約破棄した伯爵令嬢っていう……」

「ええ。ごめんなさいフレーチカ様。こんなことならもっと早く白状しておけば良かったと思うのですけれど、無関係を装って推しのカップルに近付くという甘美な誘惑には抗《あらが》えませんでしたので」

無意識のうちにアルフォンスを取られまいと夫の腕にしがみ付くフレーチカに対し、彼女はどこか清々《すがすが》しげに告白を続ける。

「……三年前。伯爵家の一員として、わたくしも第六王子殿下とベルファ様の結婚式に参列しておりましたわ。ですから、そこでお二人の出会いの全てを目撃させていただきましたの」

懐かしむように目を細めるチェキララ。

その発言にアルフォンスとフレーチカは思わず顔を見合わせる。

「あのときから、わたしたち二人のことを？」

「ええ。推しておりますし、お慕いしておりますわ。フレーチカ様のために王族に立ち向かう少年時代のアルフォンス様のお姿を目にして、どうしようもなく胸が高鳴りましたの。自分とアルフォンス様のカップリングを思い描くよりも遥かに、心が軽やかに躍り出しましたわ」

目を細め、チェキララはほほえむ。

「自分の魂が何を求めているのか、そのとき初めて気付きましたの。人が人に恋する瞬間ほどこの世に美しいものはありません。あの日からアルフォンス様とフレーチカ様はずっと、わたくしの最推しベストカップリングですわ」

「……えっと、つまりおれはやっぱりフラれたの？」

「女心を知りたがるのは野暮《やぼ》ですわよ。アルフォンス様はこれからも一途《いちず》に純愛を貫いてくださいませ」

おっとりとにこやかな笑顔で誤魔化《ごまか》し、元婚約者は告げる。

「さあ。わたくしの最推しは世界の危機を前に、そしてベインのご夫婦の危機を前に、どういう選択をなさいますの？　わたくし推しのお気持ちを尊重する以上に、解釈違いは許容しないタイプですわよ」

「行くよ」

アルフォンスは即答した。

傍らのフレーチカの手を強く握り返し、決意を込めて即座に頷《うなず》いてみせた。

それが愚策であることは重々承知している。チェキララがエイギュイユに告げた最善策に比べれば、下策も下策、最底辺を下回るような決断だ。

「勝算なんかない。みんなは愚かだって馬鹿《ばか》にするだろうし、実際おれは未来の領主もろくに務まるかさえわからない嫁馬鹿でブラコンの三流没落貴族だけど、自分の心には正直に生きていく。今は、あのジークフリートとオデットって夫婦を助けてやりたい」

「わたしも、アルフォンスと同じ気持ち。これからもずっとそうありたいと思っています」

フレーチカもアルフォンスの手をしっかりと握ったまま頷いた。

「恋愛は愚か者の特権ですわ。なぜなら、頭ではなく心に従ってこその恋と愛ですもの」

新婚貴族夫婦の姿を満足げに見届けると、チェキララは二人のために防寒具を取り出す。

「一組の尊いカップリングを救いに行くついでに、この世界を救って来てくださいまし」

「世界をついで扱いって……」

「ふふ。温かいミルクをたくさん用意して、お戻りをお待ちしておりますわ」

まるでカップリングは世界よりも重いと言わんばかりのチェキララの台詞《せりふ》は、アルフォンスとフレーチカの口元に柔らかな苦笑いをもたらした。

『おめでたいやつらだ』

今まで黙っていたエイギュイユが、ようやく沈黙を破った。

「あなたにも協力してもらいますからね、エイギュイユ」

『好きにしろ。もっとも、その気があるなら急ぐのだな。もしかすれば、もうすでに王都へと連絡が届いているかもしれんぞ』

「あら。わたくし連絡はストップさせておりますけれど」

『その様子では、ジークフリート以外にも先ほど密かにテントを抜け出した者がいたことに気付いていないようだな』

しれっと悪びれもせずに告げるチェキララに対し、エイギュイユは自分がうわてであったことを誇るようにそう返した。

吹雪が激しく吹き荒れる中、水晶海岸の外へと急ぐ人影があった。

メイド服の上から防寒コートを羽織ったその姿はサーティーンのものだ。

先ほどまでチェキララたちと同じ野営地にいた彼女だが、己の判断ですぐに動いていた。

サーティーンにとって最も守るべきもの。それはチェキララに対する義理でもなければ、王太子ブリジェスへの忠誠心でもない。世界崩壊の危機という非常事態にあって、彼女は自分の夫の命を優先順位の頂点に置いた。

「たとえチェキララ様を裏切ることになっても、彼女は私を許してくれるだろう」

何があろうと伴侶を優先する。その気持ちを否定するチェキララではないことは、この短い付き合いですでにサーティーンも確信している。

だからこそ、迷うことなく駆け出した。

しかし、王都にいるフレデリックのもとへ確実な連絡を届けるには、水晶海岸一帯の天候はあまりに荒れすぎていた。

「この吹雪の中では、私の虫は飛ぶことすら適《かな》わない」

サーティーンは今、長距離飛行に長《た》けた虫を放つために最適な場所を求めていた。

街や野営地からはかなり離れたため、雪の勢いもようやく削《そ》がれてきた。

「あの入り江なら雪も凌げるな」

そうして彼女がようやく辿《たど》り着いたのは、海岸の最北端に位置する大きな入り江だった。周囲を岩に囲まれた地形が幸いし、入り江の内部までは吹雪も届いていない。虫を解き放つには格好の場所であった。

しかし入り江に足を踏み入れた瞬間、巨大な影が突然現れ、サーティーンへと襲い掛かる。

「ビートルデリンジャー！」

不意を突かれながらもサーティーンはすぐさま愛用の単発銃を手に応戦したが、銃の名手すら目を見張る早撃ちで発射された甲虫は、敵の巨大な甲羅に容易《たやす》く弾《はじ》かれた。

「蟹《かに》⁉」

白日のもとに晒《さら》された襲撃者の正体を前に、サーティーンも驚愕を禁じ得ない。入り江を縄張りにしていたのは、この寒さの中でも俊敏に動き回るジャイアントクラブであった。

サーティーンの早撃ち以上の速さで繰り出された巨蟹の鋏《はさみ》に足を捕らえられ、彼女は逆さまの有様で宙吊《づ》りにされてしまう。

「こんなところで……」

一刻も早く王都へ凶報を伝えなければならないのに、モンスターの襲撃に虚を突かれた自分の不甲斐なさに歯噛みするサーティーン。

「サラ？」

だがここに、そんな彼女の本名を口にする人物が一人。

サーティーンの本名を知っているのは、王太子ブリジェスを除けば、後はもう夫を含めたクラベス男爵家の一部の人間か——さもなくば彼女自身の家族のみ。

見れば、ジャイアントクラブの背に、大柄な男の姿があった。

「ち……父上⁉」

「やはりサラか。まさかこんなところで娘に会うとはな」

その正体は、こんな状況にあっても執事の衣装を着こなしたシックスであった。

クリスタルリゾートの街中に入れなかった彼は、今の今まで、ジャイアントクラブとともに入り江で野宿生活を続けていたのである。

「親子と言えどコードネームで呼んでください。いえ、それ以前にどうして父上がこんなところでモンスターといっしょに暮らしているご様子なので……？　任務中に消息を絶ったと王太子殿下からは聞かされ、死んだものとばかり思っていたのですが……」

宙吊りにされたまま、実の親の前ということもあってメイド服のスカートを懸命に押さえながら、混乱した頭でサーティーンは問うた。

「話せば長い」

シックスは久しぶりの再会を果たした娘の質問を軽く流し、数日ぶりの人前だと言うのにまったく崩れていないネクタイを締め直した。

「だが、この猛吹雪の中シングルナンバーに次ぐ序列を持つお前がそんなに急ぐということは、おそらく殿下に火急の連絡があるのだろう。そして、現れた方向から察するにクリスタルリゾートで何かあったのだな」

「父上、すぐに解放してください！　私には急ぎ王都に伝えなければならない情報が！」

「駄目だ。今の私の主《あるじ》はアルフォンス・ファゴット様お一人。その情報が主の損になる可能性が万一にでもある限り、ファゴット家の方々のご判断が優先される。それが執事だ」

メイドに扮《ふん》しているだけの娘と違い、父は完全に執事としての貫録を手に入れていた。

実の父の変わり様に絶句するサーティーンだったが、序列十三位と六位とでは、その戦闘力には歴然の差がある。彼女は大人しく観念し、武装を解いた。

そんな娘を前に、シックスはふと眉をひそめる。

「ところでサラよ、攻撃時に技の名前を口にする癖《くせ》は直せと忠告したはずだが」

「それはその……夫が喜んでくれるので止めるに止められず……」

重ねて言うが、小さな男の子に技名はマストなのであった。

こうして人知れず王都への連絡は途絶え、世界の命運はアルフォンスとフレーチカに託されることとなった。

二人は今、防寒コートを身に纏《まと》って野営地を後にし、元いたリゾートの街を目指して凍土の行軍を開始していた。

アルフォンスたちはぴったりと引っ付き合い互いに体と体を寄せ合うことで、温《ぬく》もりで暖を取りつつ進んでいる。

ちょうど、ハネムーン初日にジャイアントクラブの牽《ひ》く馬車に乗って通った道だ。

もうすぐ行けば入域管理の大きな門があったはずだが、視界は吹雪に遮られて何も見えず、雪と氷に覆われた道の上を歩くのは遅々として進まない。

オデットが今いる場所へと近付けば近付くほど、吹雪の嵐《あらし》は勢いを増し、冷気もより低温へと下がっていく。

おそらく彼女の周囲ともなると、それこそエイギュイユの言う通りあらゆる生物の命を奪う絶対零度の地獄となっていることだろう。

「あれは――」

ようやく辿り着いた入域管理の門は、その全てが氷漬けになり巨大な氷壁となっている。

唯一、扉が開いたままになっていたおかげで街内部への通り道が残っており、そこに黒ずくめの青年の姿があった。

無論、ジークフリートだ。

この極寒の中、防寒具も用意せずにここまでやって来ていたジークフリートの色白の顔は、いつにも増して幽鬼のように青白くなっており、虚《うつ》ろな眼差《まなざ》しも、その佇《たたず》まいも、全てが冷え切っていた。

「……どうしてここまで来た、アルフォンス・ファゴット」

あまりの寒さにすでに感覚が鈍り始めているのだろう。アルフォンスの傍らにいるフレーチカの姿すら視界に映っていない様子でジークフリートは言った。

「お前がどうするつもりでここにいるのか聞くのが先だ」

アルフォンスは今にも凍死してしまいそうなジークフリートに対し、吹雪の音に負けないよう声を張り上げた。

最終地獄《ジュデッカ》が発動する前、ジークフリートの言葉はオデットに届かなかった。もしここでアルフォンスの声がジークフリートに届かなければ、この惨劇の元凶となった二の舞になってしまいそうな気がしたからだ。

言葉には力がある。アルフォンスはそう信じて声を大にする。

「決まっている……！」

対照的に、ジークフリートの声はあまりにか細く、弱々しい。だが、その銀の瞳だけは周囲一面の氷よりもなお冷たく、爛々《らんらん》とした獰猛《どうもう》な輝きを放っていた。

「たとえ相手が王国最強だろうと、オデットを殺そうとする者はこのオレが殺す。必ず殺す。刺し違えてでも殺す。どんな手段を用いてでも殺す。殺し屋の沽券《こけん》にかけて殺す。そして――」

冷気に体力を削られ、朦朧《もうろう》とする頭でジークフリートは言葉を続ける。

「他の誰《だれ》かに殺されるくらいなら、オレがこの手でオデットを殺す」

それは本音か、それとも強がりか。

寒さにかじかむ唇から吐き出された自分の言葉の意味するところを、すでにジークフリート自身が理解していないのかもしれない。

――だが。

「違うだろうがアアアアアアアアッ‼」

「アルフォンス⁉」

その言葉を耳にするや否や、アルフォンスはフレーチカを左腕で抱きかかえ、雪と氷に覆われた道を、足を滑らせながらも全力で駆け抜け、ジークフリートへと肉薄。

同時に、思い切り振りかぶった右の拳で、ジークフリートの顔面を真正面から全力で殴り飛ばした。

「ぐうっ！」

殴り飛ばされたジークフリートは氷壁へとめり込むほどに叩《たた》きつけられ、巨大な壁にいくつもの亀裂を走らせる。

その衝撃と痛みが、消えかかっていた意識を繋《つな》ぎ止めたのだろう。瞳に生気を取り戻し、ジークフリートはよろよろと身を起こしながらアルフォンスへと向き直る。

「お前が救わなくて、誰があの子を救うんだ！　お前の最愛の人の命は、世界なんかより軽いのか！」

アルフォンスは相手の様子などお構いなしに叫んだ。腕の中でびっくりしているフレーチカの華奢《きゃしゃ》な体をギュッと抱き締めたまま、彼はジークフリートだけを見て言った。

「おれのフレーチカは重いぞ！」

「そ、そこまで重くなってませんっ！」

どうやらアルフォンスもあまりの寒さに言語感覚が迷子になっているらしく、自分の気持ちを正しく言葉に出来ないくらい混乱している様子だった。腕の中のフレーチカが真っ赤《まか》な顔で口にした抗議の声も、耳に届いているかは怪しい。

「重い、だと」

そんな中、口から吐き捨てた血が瞬く間に凍りつく中、ジークフリートは自嘲気味に嗤《わら》う。

「だったら見せてやろう……オレの！　愛の重さを！」

瞳を見開き、ジークフリートが叫ぶ。

次の瞬間、アルフォンスは自分の体にとてつもなく強大な重圧が降りかかるのを感じ、何よりもまず腕の中のフレーチカを最優先で逃がした。

「アルフォンス！」

突き飛ばされたフレーチカが悲鳴を上げるが、ろくに防御姿勢も取れなかったアルフォンスはジークフリートの不可視の攻撃をまともに喰《く》らってしまい、『愛の力』で強化されているはずの肉体すら軋《きし》むほどの衝撃を受けていた。

「このまま地の底まで沈めてやる。埋葬の手間すらかかるまい」

「これがお前のホーリーギフトか！」

重圧に耐えながらも、アルフォンスはそう口にした。

ハネムーン三日目の夜、ジークフリートとの戦いにおいてアルフォンスが手も足も出せなかったギフトの力に間違いない。

『重力使いだな』

そのとき、フレーチカの防寒コートの隙間《すきま》から影の頭を覗《のぞ》かせたエイギュイユが、ジークフリートのギフトを看破した。

「種が割れたのならもう構うまい。これこそがオレのギフト、『恋の万有引力』だ」

ジークフリートはついに己のギフトを明かした。

「伴侶への愛情が重ければ重いほど、オレの恋慕は強力な重力場を発生させ、全てを呑み込み、敵を重圧で押し潰《つぶ》す。アルフォンス・ファゴット、貴様がどれだけ妻を愛していようが、オレの愛情の重さの前では意味を為《な》さない！」

重力に引き摺《ず》られ、超人的な身体能力を保持している今のアルフォンスでさえ、まるで身動きが取れない。まさに昨晩の戦いの再演であった。

だが、一つだけ違う点があった。

立ってさえいられなかった昨夜と違い、今のアルフォンスは両足を大きく開きながらも全身に圧《お》し掛かる重荷に耐え、その場に踏ん張っている。

「絶対に……フレーチカの見ている前で膝《ひざ》は屈さない！」

愛と見栄《みえ》と根性の為せる技であった。

「やせ我慢もそこまでだ。直に内臓が潰れ、全身の骨も折れる。そうなれば、立っていようと這《は》い蹲《つくば》っていようと結果は変わらん」

「その前にお前をもう一度殴り飛ばして勝てばいい！」

そう言って、アルフォンスは驚くべきことにジークフリートに向かって歩き始める。

しかし、とはいえその一歩はあまりに遅い。片足を前に出すだけで十数秒を要し、苦痛に顔を歪《ゆが》めている。

普段のジークフリートならば、避けて終わりだ。ただ、今の彼の体は冷気に蝕《むしば》まれ、すでにろくに動くことも出来ない状態にある。

重圧の攻撃を受けるアルフォンスの動きがいかに鈍かろうと、ジークフリートが動けないのであれば、途中でアルフォンスが折れない限り、どれだけ時間がかかろうともいつかは距離が縮まり、いつかは拳が届く範囲となる。

「アルフォンス……」

極寒の冷気の中、震える歯を食いしばり、その隙間から白い息を荒く吐き出し続けながらも一歩一歩進んでいくアルフォンスの姿を、フレーチカはただただ見守っている。

『いや待て』

そんな中、エイギュイユが口を開いた。

『ジークフリートが重力のギフトの持ち主ならば――オデット・ベインを救うことが出来るかもしれん』

その言葉に。

意識を失いかけていたジークフリートが、反応を示す。

「今、何と言った……?」

フレーチカとエイギュイユのいる方向へとゆっくりと顔を巡らせ、信じられないといった顔つきで呆然《ぼうぜん》と立ち尽くしている。

先ほどまでアルフォンスへと向けていた戦意は完全に消えていた。

「あっ！　アルフォンス、ちょっと待って！　待ったです！」

そんなジークフリートの様子を見たフレーチカが声を荒らげた。

しかし、時すでに遅し。

「うお……おおお……おおおおお！」

背中を丸めながらもジークフリートの眼前に辿り着いたアルフォンスは、涙と鼻血を流しつつ、流したばかりの涙も鼻血も即座に凍って顔面が氷で覆われることすら厭《いと》わず、すでに右腕を再び振りかぶっていた。

今ジークフリートはもうアルフォンスを見ていない。エイギュイユの言葉だけが頭に響いていて放心しており、そちらに注意を向ける余裕も、振り向く気力もない。

「うおおおおおおおオオオオォォッ！」

アルフォンスは半ば凍った右腕に、ありったけの力と、ジークフリートによって附与された重圧の重みを込めて、目の前の無防備な横っ面を全力で殴り飛ばす。

「あー……」

『あーあ』

止められなかったフレーチカと止める気のなかったエイギュイユの声が重なる中、ジークフリートの体は意識ごと完膚なきまでに吹き飛ばされた。

先ほどめり込んだ氷壁のくぼみに再度めり込み、今度は亀裂だけでは済まず、巨大で分厚い氷の絶壁を粉微塵《みじん》に砕くまでに至る。

「見たか」

アルフォンスは氷で張りついていた口を開き、言う。

「おれの愛は、重力にだって勝つ」

今の一撃でジークフリートは倒れ、ギフトの力も消えたのだろう。アルフォンスは、己の体を地面へと押し潰そうとしていた重力の重圧から解放された。

身軽になったアルフォンスは、そのまま自分が殴り飛ばしたジークフリートのもとへと歩み寄ると、気絶した彼の体を担ぎ上げ、フレーチカたちへと振り返る。

「フレーチカ。一旦《いったん》、少し元来た道を戻ろう。ここは絶対零度の領域が近すぎて、まともに立っていられない」

「えっ」

アルフォンスに言われ、フレーチカもそのときようやく、自分のブーツと地面が氷で縫い付けられていたことに気付く。いつの間にか浮かんでいた額の冷や汗も、すでに氷の粒となっていた。

「もう少し寒くないところで作戦会議だ。あるんだろ、エイギュイユ。こいつのお嫁さんを救う方法が」

『今は世界の命運がかかっているのだぞ、妾とて不確かな言動で人心を惑わすつもりはない。もっともジークフリートのギフトだけでは、オデットがいる場所に辿り着く算段までは立てられぬが……』

「それでも、まずはお前の話を聞く。何しろお前は人類の救世主なんだからな、美食竜」

エイギュイユの言葉を聞き届け、アルフォンスは空いた腕でもう一度フレーチカを抱き寄せると、今より寒波が比較的厳しくない場所まで後退を開始する。

「オレも、オデットを救えるなら何でもする……」

その最中、アルフォンスの肩に担がれていたジークフリートも目を覚まし、瀕死《ひんし》の有様ではあったが、瞳に強い生命力を漲《みなぎ》らせてそう口にした。

「もしも本当に妻が救えるのなら、オレは喜んでお前たちの下僕にも掃除屋にもなってやる。アルフォンス・ファゴット、お前の気に入らない相手は全て殺してやる。お前たちの暗殺依頼を出した周辺諸国の連中も、全員皆殺しにしてやる……」

「いらないよ、そういうのは」

肩に担がれたまま物騒なことを囁《ささや》き始めたジークフリートに対し、アルフォンスは思わずこの陰気な暗殺者を放り捨てたい気分に駆られる。

「そもそも、お前って人殺しが好きなわけじゃないんだろ。だったら、恩着せがましく人殺しをしろなんて頼むわけないだろ。おれはただ単に、お前たち夫婦を助けたいと思ったから助けるだけだ」

「見返りなど要らないとでも言うつもりか」

「そうだよ。要らない。だっておれも、ピンチのときは姉さんたちに助けてもらった。二人がいなかったら、今のおれとフレーチカはなかった。だからおれたちだって、他の誰かがピンチになっていたら、相手が見ず知らずの人間だとしても、助けるために手を差し伸べるんだ」

「はい、アルフォンスの言う通りです！」

アルフォンスの言葉に、フレーチカが強く追随する。

留まっているだけで刻一刻と凍死に近付く氷壁の近くをようやく離れた一行は、三人で引っ付いたままその場に立ち止まった。

「ここまで離れたら少しはマシか。ならエイギュイユ、ジークフリートの重力使いとしての力をどう使えば今の状況を打開できるんだ?」

その言葉に、エイギュイユは再びフレーチカの防寒具の隙間から顔を出した。そして、高度な文明を有したドラゴンとしての知識を披露すべく、鼻を鳴らすように口を開く。

『お前たち人間には理解できまいが、実は絶対零度には、動きを完全に静止させることの出来ない運動エネルギーが存在している。それが重力だ』

「さっきあらゆる力は消滅するって言ってましたよね……?」

『重力を操る者がこんな近くにいたとは欠片《かけら》も思っていなかったからな。この目にするまで妾自身失念していた』

悪びれることなくエイギュイユは言う。

『重力を操れるならば、絶対零度の内側であっても物質に干渉し運動エネルギーを発生させることの出来る、ただ一つの対抗手段となり得る。だから――』

そこでエイギュイユはジークフリートへと向き直った。

『お前の愛情が本当に重ければ、凍った妻の心を動かすことが出来るかもしれん』

「オレの愛が試される、と？」

『お前が真に妾と肩を並べて戦ったドラゴンベインの末裔であるならば、世界を救ってみせろ。先祖たちは勇者としての務めを果たしたぞ。だから今こうしてお前たち人類が生き残っているのではないか』

エイギュイユの言葉を誉れと受け取り、ジークフリートの銀の瞳に涙が滲《にじ》む。涙の粒はやはり凍るも、細やかなダイヤモンドダストとなっていずこかへと散っていく。

「……エイギュイユにもちょっと優しいところがあったんですね」

そんな中、思わずフレーチカが意外な顔でそう言った。

『勘違いするな！　千年前の戦友たちの末裔だから、少しばかり甘く扱っただけだ！　奴《やつ》らがいなければ、妾も宝石竜ユーヴェリアを始めとした全てのドラゴンたちを狩り尽くすことなど不可能だったのだからな！』

「はい。そういうことにしておきましょう」

『フン。だがな、ジークフリートにオデットを救うチャンスがあるにしても、先も言ったようにここからオデットのいる場所まで辿り着くには、この男の体はもたんぞ。氷壁を抜けた時点で確実に命を落とす。こちらは億に一つの奇跡もない』

吹雪の向こうの絶対零度領域を睨《にら》みつけながら、エイギュイユは死刑宣告のように告げた。

確かに、ジークフリートの体はボロボロで、すでに全身凍傷という有様だ。

「それでも、オレは行く」

ジークフリートはアルフォンスに下ろしてもらうと、よろめきながらも自分の足でその場に立った。

「分不相応にも勇者に憧《あこが》れたオレに、妻を救うチャンスと、世界を救うチャンスが、同時に巡って来たのだ。美食竜エイギュイユの導きに万感の感謝を捧《ささ》げよう」

コートの懐《ふところ》に忍ばせていた長老オディール秘伝の軟膏《なんこう》を取り出し、ジークフリートはアルフォンスに殴られた顔の傷の上から薬を塗る。ウマの合わない祖母だが、ありがたいことに薬は効いた。最愛の女性に会うための身だしなみか、はたまたこれが死に化粧となるか。自嘲気味に笑いながらも、ジークフリートは今自分が微《かす》かに笑えたことに驚いた。

そして自分が、アルフォンスたちの存在に勇気づけられていることにも。

「エイギュイユ。お前って確か影の中を魔法で移動できたよな？　現に、その力で一度はおれたちを絶対零度の外側へ逃がしてくれたんだろ？」

『あの瞬間、周囲の温度が下限を迎える直前だったから間に合っただけだ。どれだけ莫大《ばくだい》なエネルギーを貯《た》めていようと――それこそ魔法の類でさえ、絶対零度の内側に入った時点で全ての魔力は停止を始め、どれだけ強力な呪文であっても効果が維持できるのは数秒が限界だろう。影移動の魔法程度では、発動前に影ごと凍りつくのがオチだ』

「動いている影だったら？」

アルフォンスは言った。顔は真剣そのものだ。

『まだ凍る前の動いている影があるのなら、絶対零度の範囲内であっても瞬間移動は可能だ。ただし、一瞬限りの片道移動となるが』

「分かった。ならおれに一つ策がある。耳を貸してくれ、フレーチカ、エイギュイユ」

アルフォンスの言葉に、フレーチカは小首を傾げながら夫の口元に耳を寄せ、エイギュイユも影の体で宿主の肌を伝い、その耳元へと移動する。

——アルフォンスから打ち明けられた秘策は、彼女たちをたちまち絶句させてしまう代物だった。

「何を思いついた、アルフォンス・ファゴット」

「お前は気にしなくていい。おれに気を取られでもして失敗されたら世界の終わりだ。そんなことより今からお嫁さんに捧げる愛の言葉でも考えておいてくれ」

ジークフリートの追及を笑って誤魔化し、アルフォンスは着込んでいた防寒コートを脱いで放り渡した。

「それじゃあ行って来るよ、フレーチカ、エイギュイユ。さっき伝えた手筈《てはず》通りで頼む」

『喜べアルフォンス。お前は早くも妾を本気で二度も呆《あき》れさせたぞ。一度目はこの前の戦いで、二度目は今だ』

その場で屈伸運動を繰り返し、気休め程度に体を温めて、アルフォンスは準備を整えていく。

次第に屈伸は激しさを増し、『愛の力』を伴って、全身を発熱させるまでに至る。

「これだけ体を温めておけば、ほんの僅かでも寒さに耐えられるかもしれない。サウナだって、体を充分に温めた後なら冷たい水風呂もちょうど良く感じられるし」

『フレーチカ、これは正気で言っていると思うか？』

「正気ではないと思います」

エイギュイユの言葉にフレーチカは苦笑いとともに即答した。

「でも、それでも信じます。信じて帰りを待っています」

『お前がそう言うのなら、妾も信じるしかないな』

しかし、即答しながらも彼女の信頼は揺るがなかった。

エイギュイユの影が呆れたように姿を消す中、フレーチカはただ、今から走り出そうとする夫の背中を見届けるべく、背筋を正してその場で待つ。

「……待て！　アルフォンス、貴様ここからオデットのところまで飛び込むつもりか⁉」

「お前はそこで待っていてくれ。道は必ず作る」

フレーチカの態度からアルフォンスの魂胆を見抜いたのだろう。取り乱すジークフリートに対し、アルフォンスはそれだけを告げ、駆けた。

何の躊躇《ためら》いもなく、『愛の力』の全身全霊をもって、この場から街の広場にいるオデットのもとへと、世界最悪の短距離走へと最速で走り出したのだ。

強烈なブリザードの中を切り裂くように進み、先ほど後退の決断をしたばかりの氷壁まで、再到達は一瞬もかからなかった。

そのまま、扉が開放されたまま氷漬けになっていた門を抜け、街の中へ。

全身を運動エネルギーの塊に置き換えたかのような速度で、アルフォンスはついに絶対零度の領域へと足を踏み入れる。

が、しかし。

一秒の万分の一も経《た》たずに、アルフォンスは後悔した。

甘かった。ぬるく考えすぎていた。

すでに、あまりの冷気に判断力など欠片《かけら》も残っていなかった。

「それでも、前へ！」

周囲の景色はもう見えない。絶対零度の世界は暗黒と呼んでいい有様で、道も、場所も、何も見て取れない。そもそも視覚情報など、まぶたさえ凍った今のアルフォンスの瞳では、すでに正しく認識できるわけもない。

ただただ、人々の声で賑《にぎ》やかだった広場を訪れたときの記憶を頼りに、一秒目を踏み出し、二秒目を走り抜ける。アルフォンスの覚悟と速度を殺そうとする後悔の念を置き去りにするほどの速さで。

しかし、同等の速度で身も心も凍りつき、停止していく。熟睡にも似た感覚の中、オデットへと辿り着くための残り数秒が、もうアルフォンスの力だけでは稼げない。

絶望がアルフォンスの足を摑《つか》んだかに思えた。

——その瞬間。


見えた。

流星の如く空を滑るように飛来する、四振りの魔法剣が。


「あれは——」

冷気で鈍った頭の理解力では、状況にも速度にも追いつかない。

自分のもとへ駆けつけた四つの魔法剣がシルファの呪文によって生み出されたものであると把握することさえ、今のアルフォンスには時間を要した。

シルファの魔法剣は、術者である彼女の両手に携えていなくとも、自在に宙を滑空することの出来る、自律起動型の呪文だ。昨晩のジークフリートとの戦いでアルフォンスを救ったように、術者の思考とは別に、自分で考え、自分で動くことも出来る。

おそらくは、クリスタルリゾートの街全土が『百年の恋』の氷に閉ざされる直前にシルファが魔法剣を急遽《きゅうきょ》用意していたのだろう。そして魔法剣たちは氷漬けになる前のシルファの意志のもと、絶対零度の圏外に待機し、アルフォンスが到着する瞬間を待ち続けていた。

全ては、最愛の弟の最大のピンチに最善のタイミングで最高の援軍を届けるために。

「ありがとう、シルファ姉さん！」

状況などまったく理解できていないにもかかわらず、自然と感謝の言葉がアルフォンスの口から出ていた。

そうしてアルフォンスの体温が完全に奪われる寸前、駆けつけた炎の剣シウコアトルは刀身を爆発《ばくはつ》させ、周囲の冷気を焼き払い、内包していた熱の全てを拡散させる。

一瞬にも満たない短い時間ではあったが、燃える刃が確かに絶対零度の世界にくさびを穿《うが》ち、アルフォンスの体を温め、奮い立たせた。

次いで、水の剣イルルヤンカシュがアルフォンスの身代わりに冷気を一身に受けて凍りつき、己の刀身を犠牲にして砕け散る。

風の剣ティフォンノヴァはアルフォンスの前を走り、凍てつく空気の全てを切り裂きながら後続を守りつつ、スリップストリームでアルフォンスの最高速度をさらに加速させる。

そして最後に、雷の剣ラグナシュガル。暗闇《くらやみ》の中、オデットのいる場所すら分からないアルフォンスのために、ラグナシュガルは眩《まばゆ》い雷光を迸《ほとばし》らせ、爆《は》ぜる。

僅かな刹那、広場を包む闇《やみ》の中を、粒子化される寸前の閃光《せんこう》が走り、アルフォンスの凍ったまぶたの奥の瞳が、輝きを捉える。

蹲《うずくま》った氷像のようなオデットの姿が見えた。

ただ、見えたのはほんの一瞬だ。

方向感覚すら狂う冷気の中、正確にオデットのもとに辿り着くには、アルフォンスの力だけでは足りない。シルファの託した魔法剣たちの力を借りても、それでも足りない。

まだ届かない。死力を尽くし切って、頼れるものはもう何もない。

この状況で縋《すが》れるものはもう、それこそ偶然の幸運くらい。

だが――アルフォンスの『愛の力』は、彼が妻を愛している限り、幸運の乙女の微笑をもたらす。何千、何万分の一の勝機を手繰り寄せる、絶対の幸運を。


『それ』が最初からこの場にあったのは、本当にただの偶然だった。

爆《は》ぜて雷光の粒子となったラグナシュガルの輝きが、水晶海岸のシンボルとして広場の中央に飾られていた、宝石竜ユーヴェリアの金剛鱗《こんごうりん》へと吸い込まれる。

千年前、ありとあらゆるドラゴンの中で、最も美しいと謳《うた》われたのがユーヴェリアだ。

何故《なぜ》ユーヴェリアが竜たちの中で最も美しいと形容されたのか。

絶対零度のブレスを放つユーヴェリアの鱗《うろこ》は、当然ではあるが、己が生み出した絶対零度の中にあって、美しさを損なうことはなかった。だからこそ美竜と呼ばれたのだ。宝石のような鱗はいかなる冷気に晒されても、光を浴びれば無類の美しさを湛《たた》えて燦然《さんぜん》と輝き始める。

ゆえにラグナシュガルの今際《いまわ》の雷光を受け、金剛鱗がその煌《きら》めきで周囲を照らし出す。

その偶然のおかげで、アルフォンスは再び目にすることが出来た。

暗闇の氷の奥、蹲る銀髪の少女の姿を。その位置を。

瞬間アルフォンスは、まるで走馬灯のように、ベルファの言葉を思い出した。


——誰もが誰かを助けられる誰かとなることで、私たちの世界は成り立っている。


その言葉が、強く胸に響いた。

「ベルファ姉さん。おれも、誰かの助けになれたかな」

完全に力尽きる寸前、アルフォンスはオデットへと続く長い道のりの最後の一歩を強く踏み締めた。

アルフォンスの体は未《いま》だ動いている。

ならば、彼の影もまた今も動いている。

「確かに送り届けたぞ、エイギュイユ！」

アルフォンスが叫ぶ。それが合図となった。

『フン、後は妾に任せておけ』

瞬間。アルフォンスの凍りついた肌の上に、小さな竜の影が姿を見せた。

影を切り離すことで宿主であるフレーチカのもとを離れ、一時的にアルフォンスの影の中に身を潜めていたエイギュイユだ。

エイギュイユはアルフォンスの影を、フレーチカの傍らで待つジークフリートの影と繋げ、影移動の呪文を発動させる。

瞬間、最終地獄《ジュデッカ》の中心に辿り着いたアルフォンスの体と、絶対零度の圏外で待機していたジークフリートの体が、二人の影を媒介として、座標を交換して入れ替わる。エイギュイユがかつての戦いで披露した瞬間移動だ。

アルフォンスの体はエイギュイユごと瞬く間に影の中へと取り込まれて消え、絶対零度の圏外で夫の帰還を待つフレーチカのもとへ。

代わってその場に現れたジークフリートは、心の中でアルフォンスに感謝の言葉を呟くと、すぐさま目の前のオデットの体を抱き締めた。

「……すまないオデット。君のもとに戻って来るのがこんなに遅れてしまった」

ジークフリートの言葉に、しかしオデットは何の反応も返さない。

まるで物言わぬ氷像だ。

『百年の恋』の効果を考えれば、ギフトの力で生まれた冷気が彼女を凍らせることなど、本来はあり得ないはず。

恋の熱も炎も、オデットの体を燃やしはしなかったのだから。

なのに今は、まるでオデット自身がそう望んでいるかのように、絶対零度により全てが静止する世界を受け入れているようだった。

いつもの陽気な笑顔は無表情のまま凍りつき、手も足も微動だにしていない。ジークフリートがどれだけ抱き締めても、体温すらまったく感じられない。

むしろオデットの凍れる体を抱き締めているジークフリートのほうが、体温を瞬時に奪われ、その皮膚が凍りついていく。

ジークフリートは自身の肉体に『恋の万有引力』の力を集中させ、自分の心までもが凍りつかないよう、重圧に耐えながら言葉を続ける。

「好きだ。愛している。誤解しないでくれ。オレには君しかいない。君以外の女に何の興味もない。この世界で君だけがオレにとって女性と言える存在なんだ」

たどたどしく愛の囁きを繋げていくが、オデットに反応はない。

愛の言葉に重さが足らないのだ。

「待ってくれ。こんな終わり方は嫌なんだ。世界なんてどうでもいい。君がいないならどの道滅びても構いはしない。全てが消えたってかまわない」

世界とともに失われようとする妻を必死で繋げ止めるべく、抱き締める腕に力を込める。

——全速力で死の行軍を踏破したアルフォンスと瞬間移動で入れ替わる際、ジークフリートは影の中でエイギュイユから最後の忠告を受け取っていた。

『ジークフリート、お前のギフトもアンリミテッドだ。そしてオデットと同じく、お前の力にも世界を滅ぼす危険性がある。人間の感情に限りはない。お前の愛が重くなるほどこの星の全てがお前に引き寄せられ、全てが重力の中に収束して押し潰されていく。そうなれば最期にはお前の体はブラックホール化し、天体を消滅させるだろう。だからまず、お前自身が自分の愛の重さに引き摺られるな』


太古の竜の語る言葉は難しく、ジークフリートには何ら理解が及ばなかった。

最終地獄《ジュデッカ》も暗黒天体《ブラックホール》も人類絶滅の最悪のシナリオであることには変わらない。

だが、すでにジークフリートにとってはそんなことはどうでも良かった。

ここでオデットを取り戻せないのであれば、全てがどうでも良いのだから。

「いいさ。君がここで死ぬのなら、オレにそれを救う力がないのなら、ともにここで死のう。独りにはしない。君が寂《さび》しがるからじゃない。オレが寂しいからだ。我《わ》が儘《まま》ですまない」

冷気に晒され、ジークフリートの体にはもう力など残っていない。

なのにオデットの体を抱き締める腕は重苦しいまでに力を増していく。

周囲の冷気の全てが、下へ、下へと、地の底のさらに底へ向かって沈んでいく。

悔恨の言葉がジークフリートの口から溢《あふ》れ出す。

「いつも君に冷たかったのは格好つけていただけだ。

邪険にしていたのはそれで君の気が引けると思ったからだ。

オレは恋の駆け引きなんか出来ないんだ。本当はもっと二人きりでいたい。

だけど昔のように手を握り返したら緊張で震えているのがバレて嫌われる。

風呂《ふろ》は血の臭いを洗い流したい。君にそんな臭いを嗅がせたくない。

暗殺者になんかなりたくなかった。未だに殺した相手の死に顔を夢で見る。

夢の中でオレは無様に泣き喚《わめ》いているんだ。そんな姿は君にだけは見せたくない。

額に優しく押し当てられる君のキスがなかったら、オレは朝だって迎えられない。

君のいない世界なんてオレは守りたくない。

君がいないならオレは全てを消し去りたい」

――本来、あらゆる物質が静止する絶対零度の世界で、涙を流せるはずはない。

にもかかわらず、ジークフリートの銀の瞳から、宝石のような氷の涙が溢れ、ぽろぽろと零《こぼ》れ落ちていた。

涙腺から溢れた途端《とたん》に凍りついた涙の結晶が、重力に引かれて頬《ほお》を伝っているのだ。

「頼む。この愛の続きが叶《かな》わないのなら、ここでオレと死んでくれ」

二人でいられるのなら、たとえそれが死でも構わない、と。心の底からそう願いながら、
ジークフリートは氷漬けのオデットの唇に不器用なキスをした。

「いいよ」

キスの最中、オデットの唇が動いた。

「いっしょに死んであげる」

彼女の優しい言葉がジークフリートの耳に届く。

「でも、お互いもうちょっとお爺《じい》ちゃんお婆《ばあ》ちゃんになってからね」

「オデット……？」

「それまでは、この愛の続きをしましょう」

そう言って、目覚めたばかりのオデットは、今度は自分からキスの続きを強請《ねだ》るように唇を押し付けてきた。

柔らかく溶けたオデットとのキスを味わいながら、ジークフリートは、黒く重く深く沈んでいた恋心が、ほんの少し軽やかに抱え上げられる気持ちになっていた。

重力の暴走が収束すると同時に、街の全てを水晶海岸ごと凍りつかせていた氷も溶け出し、見る見るうちに元の街並みを取り戻していく。

オデットの動き始めた心に新たに灯《とも》った炎の熱が、全てを溶かし始めたのだろう。

彼女はもう一度、燃えるような恋をしたのだ。

永久凍土に封じられていた水晶海岸に、元の景色が戻ってきた。

分厚い雲に空を閉ざされていたために分からなかったが、すでに今は夜だったようだ。空に太陽の姿はどこにもなく、満天の景色が天上を飾りたてている。

氷の牢獄から解放されて本来の美観を取り戻した宝石箱のような街並みも、星々の輝きをその身に受け、優しく煌めく。ここは南のリゾート地、太陽などなくても充分に暖かく、輝きにも不自由していない。

「なんとかなったみたいだ……」

街の門の前、全ての氷が嘘《うそ》のように溶けた後の、何の変哲もないただの道端に、アルフォンスとフレーチカの姿はあった。

「はい。なんとかなったみたいですね」

フレーチカは、全ての力を使い果たして起き上がることすら出来なくなったアルフォンスの頭を自分の膝枕《ひざまくら》に載せたまま、安堵《あんど》のため息とともにほほえんだ。

「……また姉さんたちに助けられたよ」

「本当、わたしがお姉さま方に勝てる日は来るんでしょうか。あのお二人は同じ女性としての目線で言わせてもらっても、ちょっと反則過ぎます」

「勝ち負けじゃないし、おれにとってはフレーチカが一番だよ」

「はいはい」

ブラコンの言い分に関してはまともに取り合わず、フレーチカはアルフォンスの頭を愛《いと》おしげに撫《な》でる。

『のん気な夫婦め。つい先ほどまで最終地獄《ジュデッカ》による世界終焉を待たずしてこの星に巨大な暗黒の重力場が生まれようとしていたのだぞ。世界の危機が二連続で起きていたのだ』

「知らないってそんなの。とにかく世界を救えたんだろ？」

『……夫婦揃《そろ》ってアンリミテッドとは、ユーヴェリアがあの二人の添い遂げる姿を目にしていたら何と言っただろうな』

気の抜けきったアルフォンスの反応に呆れながらも、仮の宿主の影を離れフレーチカのもとへと戻ったエイギュイユは、どこか感慨深げに呟いていた。

「ところでアンリミテッドのギフトって、例えばフレーチカへのおれの愛が無限に高まり続けたら、最終的に『愛の力』はどうなるんだ？」

『さあな。妾が知るはずもない。それこそお前たち人間が竜を差し置いて崇《あが》めようとしていた《神》にでもなってしまうのではないか？』

「かみ？」

聞き慣れない単語にアルフォンスは眉をひそめる。今も膝枕を続けているフレーチカも不思議そうに首を傾げている。

そんな二人に対し、エイギュイユは影で出来た竜の頭を煩《わずら》わしそうに左右に振った。

『フン。ひとまず世界を救い終えた以上、妾がお前たちに助言してやるのもここまでだ。後は新婚旅行とやらの続きでも好きにやっておけ』

「あの……エイギュイユ。わたしはあなたのことを信頼できるとは決して思っていませんでしたが、今回のことはその、ありがとうございました」

『繰り返すが、勘違いするなよフレーチカ。妾は今回たいした力を持たぬまま甦ったため、本来持ち合わせているはずの食欲の影響をまったく受けていないだけだ。お前が妾に穏やかに語りかけられるのは、妾自身が空腹に我を失っていないからに他ならぬ。次はもっとマシな秘密を作れ。お前たち夫婦の絆《きずな》に亀裂が入るほどのな』

つまらなさそうにエイギュイユは告げた。

その言葉を聞いたアルフォンスは、ふと口を開く。

「そういえば、またエイギュイユが甦《よみがえ》った理由って何だったの？」

「それはですね……」

フレーチカは一瞬逡巡《しゅんじゅん》するも、エイギュイユの影が小さいながらも未だに残り続けている様を見て、覚悟を決めたのだろう。

世界存亡の危機に直面していたときよりも表情に決意を漲らせ、言う。

「……せっかくのハネムーンなのにアルフォンスにかまってもらえなくて、拗《す》ねてヤケ食いをしてしまいました。それでですね……ちょっとその……体重がですね……ほんのほんの少し、増えてしまいまして……」

　フレーチカの決死の告白。

「そっか。ごめんフレーチカ、寂しい思いをさせてしまって」

　それを聞いたアルフォンスもまた、世界の危機よりも深刻な顔つきで素直に詫《わ》びた。

「じゃあ今、お詫《わ》びの印にイチャイチャさせてください」

「え？　今？　この体勢でするの？」

「はい。します」

　アルフォンスの頭を膝に載せたまま、フレーチカは俯《うつむ》かせた顔をゆっくりと近付けていく。

『続きは妾が消えてからやれ』

　イチャつく二人に挟まれたエイギュイユが腹立たしげに言った。が、その非難の声はすでにアルフォンスたちには届いていない。

　小さな秘密が消え、美食竜が再び眠りに就く前に、どんな宝石よりも眩い星空の下で、二人は静かにキスを交わした。

終章

竜が人に恋をして

蟹《かに》が街を直している。

それだけでも驚きの光景だが、蟹の大きさがさらに驚きだった。

荒れ狂う吹雪のせいで街中の建物にかなりの被害が出たクリスタルリゾートの再建に最も尽力しているのが、まさかのジャイアントクラブなのである。

シックスの指示のもと、巨蟹は自慢の鋏《はさみ》を存分に振るい、水晶製の建材を軽々と担《かつ》ぎ上げ、各所の修繕作業を率先して行っていた。

「ありがとうございます！　今後はジャイアントクラブの立ち入りを奨励することにします！　ファゴット家の若奥様、あの蟹こそ我がリゾートの救世主です！」

「いえ、わたしに言われても困ります」

ジャイアントクラブの働きぶりに涙を流して喜ぶ管理官の言葉に、買い物途中のフレーチカは困り顔ではにかんだ。

彼女は今、両手で抱えた大きな革袋の中に多くの雑貨品を詰め込んでいる。

ハネムーンはようやく六日目。世界終焉《しゅうえん》の危機から丸一日が過ぎていた。

滞在予定期間は一週間なので、まだ一日ある。

街に早くも活気が戻っている理由は、犠牲者が一人もいなかったからだろう。『百年の恋』の氷に閉じ込められ生命が危ぶまれた者もいたはずだが、『百年の恋』の炎はそんな彼らの目を再び覚ますほどの熱量を与えた。その結果氷漬けになっていた者たちは誰《だれ》一人欠けることなく生還を果たし、シルファやベルファも無事だった。

賑《にぎ》やかな街の活気に触れているせいか、大荷物に反してフレーチカの足取りは軽く、さらに露店で日用品を買い足した後、彼女は目的地のホテルに到着した。

ファゴット家の面々が宿泊している城を思わせる造りの街中央のリゾートホテルではない。裏稼業の人間たちが利用している、暗殺者御用達のホテルだ。

「すいませんオデットさん、お待たせしました」

「ありがとフレーチカ。そろそろ片が付くんだけど今ちょっと立て込んでてさ」

ホテルのロビーでフレーチカを出迎えたのは、ジークフリートに惚《ほ》れ直したばかりの新妻、オデット・ベインであった。

フレーチカとオデットは、数日前まで暗殺者と標的だったとは思えないほどに打ち解けた様子で、朗らかに挨拶《あいさつ》を交わした。

次いでオデットは、フレーチカが抱えていた革袋に無造作に手を突っ込むと、中から自分たち用の昼食が入った布袋を取り出す。

「ジーク君、お昼ご飯買ってきてもらったよー」

「少し待て」

オデットの言葉に、ロビーの向こう側からジークフリートの声が返ってきた。

「今はまだ手が離せない」

「もう二時間くらい続いてない？　手を貸そうか？」

「必要になったら声をかける」

ジークフリートからの返事とともに、複数人の男たちの野太い悲鳴も聞こえて来る。さらには刃物と刃物がぶつかり合う物騒な物音も。

「ジークフリートさん、今何をされてるんですか？」

「一言で言えば業界の革命かな？」

「業界……？」

恐る恐る首を傾《かし》げたフレーチカに対し、オデットは陽気な顔で答えた。

次の瞬間。

「ジークフリートォ！　何を考えてこんな血迷った真似《まね》をしとるんじゃあァァァァ⁉」

悲鳴に近い罵声とともに、ベイン一族の長老オディールが、完全にブチキレた様子で天井《てんじょう》を蹴《け》り破って上階からロビーへと降ってきた。

「おぬしマジで分かっとるのか⁉　乱闘厳禁のホテルでここまで暴《あば》れまくった以上、ベイン一族とそれ以外の暗殺者機関の間で全面抗争になるんじゃぞォォォォ⁉」

オディールは十二歳相当の小さな体で、同じく上の階から降ってきた戦闘中の相手の顔面を踏み砕きながらも、ロビー中に響き渡るほどの大声で吠《ほ》えた。

「暗殺者同士の古い取り決めなどオレは興味ない。全《すべ》てを壊してやる」

その声に応じてロビーの奥から現れたのは、黒コート姿のジークフリート・ベインだった。

街の住人たちと同じく氷漬けになっていたオディールや他のベイン一族の暗殺者たちも、すでに回復を遂げている。

ただし今は、厳格な掟《おきて》に縛られたホテル内部でジークフリートが別派閥の暗殺者たち相手に突然の暴挙を起こしてしまったため、彼の尻拭《しりぬぐ》いに一族総出で戦い続けており再度再起不能になる者が続出している始末だ。

「きょうからオレがベイン一族の長になる。金を積まれれば非のない相手だろうと殺してきた時代は終わりだ。今後はこの世界に生かしておく価値のないクズだけを吟味して殺す。善人を狙《ねら》う他の暗殺者どもも殺す。異性の標的を付《つ》け狙うような陰気な掟も失くす。婿や嫁が欲しいなら暴力や脅迫ではなく素直に言葉で惚れさせろ」

「ベイン千年の歴史をなんと思っとるんじゃ！」

「千年の歴史がどうした。それならオレは先祖とともに世界を救ったエイギュイユと直に話をした。千年前の竜だ、オレのほうが凄いだろう。分かったら黙れ、ババア」

「ババアじゃと⁉　こんなに可愛いわしを捕まえて今ババアと抜かしたか⁉」

火花を散らし合って口論するジークフリートとオディール。

そんな隙だらけの二人を狙って、ロビーの向こう側やオディールが蹴り破った天井の穴から、敵の暗殺者たちが四方八方に襲い掛かってくる。

「勇者になりたいなどとはもう思わない。世界を救えるような英雄にもなれない。所詮オレは暗殺者としてしか生きられまい。――だが、それならそれで、オレがオレのなりたい暗殺者になればいいだけの話だ」

ジークフリートは祖母の体を抱き寄せると、『恋の万有引力』のギフトを発動させ、今まさに襲い掛かってきた敵の暗殺者たち全てに重圧を叩《たた》き込《こ》み、床へと沈めた。

そして毅然《きぜん》とした態度で祖母の顔を見る。

「文句があるか？」

「……んや、ないの」

孫に抱きかかえられたオディールは、借りてきた猫のように大人しくなると、啖呵《たんか》を切ってみせたジークフリートの姿に感嘆のため息を深々と吐き出した。

「そこまで言うならやってみせい。わしもまだまだ長生きするつもりじゃし、生意気な孫の往《ゆ》く道を見届けてやろうではないか。ほっほー」

「では、正式にきょうからオレが頭領だ」

「よかろ。ならばわしの息子に娘に孫に甥《おい》に姪《めい》にその他大勢、これよりベインの頭領はわしの十八番目の孫であるジークフリート・ベインが継ぐ！　おぬしら異存あるまいな！」

オディールはジークフリートに抱え上げられたまま、どことなく上機嫌な様子で周囲の血族たちにそう宣言した。

「まあ掟に縛られるのも面倒だったし」

「いつまでもババアにこき使われたくなかったし」

「シルファ・ファゴット相手に求婚しなくて済むなら万々歳だ」

血族たちも掟には各々思うところがあったらしく、さらにはシルファに命懸けで付き纏《まと》わなければならない義務からも解放されるとあって、世代交代を快く受け入れていた。

「ならばこの先、ジークフリート・ベインの名と誇りにかけて、オレの流儀でやらせてもらう。まずは手始めに、オレの流儀に逆らう同業者どもを屍山血河《しざんけつが》に沈めるぞ！」

新たな頭領の開戦宣言に、ベインの血族たちは我先にと他勢力の暗殺者たち相手に凶刃を振るい始める。

そこから先は血生臭い大乱闘だ。

「ええと、何がどうなっているんでしょうか」

思わず凄惨な光景から目を背《そむ》けつつ、フレーチカはオデットに尋ねた。

これを受けてオデットは持ち前の軽い口調で告げる。

「それね、ベイン一族が暗殺依頼をしくじったって話が業界内に広まったのよ。でもって、フレーチカの義理のお姉さんのベルファさんだっけ、あの人に求婚しようと企《たくら》んでた周辺諸国の依頼人たちが、また新しい暗殺者を山ほど雇っちゃってね」

「もしかして、今ジークフリートさんたちが戦っている人たちがそうなんですか？」

「そういうこと。ま、ジーク君なりの恩返しと受け取ってくれたらアタシも嬉《うれ》しいな。依頼人に手を出したなんて、本来暗殺者が絶対やっちゃダメな掟破りなんだし」

さすがのオデットも気まずそうに言った。

対してフレーチカは顔を引き攣《つ》らせ、恐る恐る口を開く。

「えっと、依頼人に手を出したというのは……？」

「そっちはもう片付けてあるから、フレーチカたちは気兼ねなくリゾートを楽しめるね」

暗殺者のにこやかな笑顔を前に、周辺諸国の刺客たちがどうなってしまったのか、怖くてそれ以上は聞けないフレーチカであった。

「あとこれ、アタシとジーク君の名刺。殺したいヤツがいたらすぐに連絡してね。フレーチカたちの助けになれるなら超格安のお友だち価格で即日息の根止めたげるから♥」

「あ、あはは……あははは……」

最早《もはや》笑うしかないフレーチカは、渡された名刺を受け取りつつ、これ以上こんな場所に留まっていられるかとばかりに背を向け、早足で出入り口へと逃げ出してしまった。

彼女が立ち去る様を黙って見届けていたジークフリートは、抱えたままのオディールを敵に向かって放り投げた後、一皮剝《む》けた顔で敵対勢力に告げる。

「——心してかかって来い。オレの愛は、重いぞ」


暗殺者ホテルから一目散に逃げ出したフレーチカは、大荷物を抱えたまま、ファゴット家が宿泊しているホテルへと帰った。

「ただいま戻りました。言われていた雑貨や日用品を色々買ってきましたよ」

「おかえりフレーチカ。ごめん、色々お使い頼んじゃって。ジークフリートたちは元気にしていた？」

ロイヤルスイートに戻ったフレーチカを出迎えに、すぐにアルフォンスが顔を出す。

「ええ……元気かどうかで言えば、間違いなく元気だったと思います。オデットさんはわたしたちに感謝してくれていましたよ。ジークフリートさんは……」

「あいつ、面と向かって感謝の言葉を口にするタイプじゃないでしょ。それに、別に感謝されたくて手助けしたわけじゃないし」

まるで気心の知れた間柄のようにアルフォンスは照れ臭そうに言った。

「それより、本当ならおれが買い出しに行くべきだったんだけど、その……」

一転して困り顔を浮かべるアルフォンス。

「アルくーん、お姉ちゃん風邪で辛《つら》いよー、もっとつきっきりで看病してー」

「そうだぞアルフォンス。姉も寒気が収まらない。隣で手を握っていてくれないか」

そんな中、氷漬けから回復した姉たちの甘えた声が寝室から聞こえてきた。

シルファとベルファは目覚めて以降、ずっとこの調子だ。

「お姉ちゃん今回ばかりは本当に死んじゃったかもと思ったもん。すっごく怖かったもん」

「姉も亡き夫の幻覚を見たぞ。ベルファはまだこっちに来ちゃ駄目だと追い返されたぞ」

二人してすっかり弱気になっているらしく、弟の看病に甘えっぱなしでベッドから出てこようともしない有様だ。

「……姉さんたちがこんな感じじゃ、おれが買い出しに行くわけにもいかなくてさ」

「それにしてもお姉さま方、街ではもう氷漬けから回復した方々が元気に働いていましたよ。まだお体が不調なんですか？　今も本当に風邪や寒気が？」

寝室を覗《のぞ》き込み、姉たちに視線を向けるフレーチカ。

睨《にら》むでもなく、かといって慈愛の目でもない。

ただただ、まじまじと二人の顔を見続ける。

「あー、なんかお姉ちゃんサウナに入って体を温めたくなってきたかもー」

「それは妙案だなシルファ。熱いサウナに入れば寒気も吹き飛ぶというものだ」

「うんうん、風邪も治る治るー」

「そうと決まれば善は急げだ」

その圧に屈したのか、途端《とたん》に二人はベッドの中からいそいそと退散し、早足でアルフォンスとフレーチカの隣を通り過ぎ、備え付けのサウナ部屋へと向かって行ってしまった。

「え？　ちょっと姉さんたち、病人がサウナに入っちゃダメだろ！」

「仮病だったんじゃないですか？」

シルファとベルファの背中を見送りつつ、首を傾げるアルフォンスの傍《かたわ》らでフレーチカがぼそりと呟《つぶや》いた。

そして、自分がそんな皮肉めいた呟きをこぼせたことに少し驚き、小さくはにかむ。

「……わたしも頑張って、お姉さまたちより強い女にならないと」

と、そのとき。

部屋の扉をノックする音が二人の耳に届いた。

「ごめんくださいですわ」

「キララ！」

「チェキララさん！」

扉を開いて出迎えたアルフォンスたちの前に立っていたのは、伯爵令嬢チェキララ・ヘッケルフォーンであった。その背後には今もメイド服のサーティーンの姿がある。

「周辺諸国の方々がベルファ様を諦《あきら》めて逃げ帰ったという確かな情報を摑《つか》みましたので、晴れてわたくしたちも王都に帰還することになりましたの。それでご挨拶に」

「それはご丁寧にありがとうございます」

軽ろやかなステップとともに華麗な一礼を披露するチェキララに対し、深々と頭を下げて返すフレーチカ。

「何から何まで色々とありがとうございました」

「いえいえ。むしろわたくしのほうこそ色々と満足させていただいたので、ありがとうございましたはわたくしが言うべき言葉ですわ」

「満足……？」

チェキララの言っていることが今一つよく分からなかったのか、アルフォンスとフレーチカは揃《そろ》って小首を傾げるも、チェキララは並んでいる二人を満足げに見やるばかり。

「本当、お似合い過ぎて最推しですわ。ではごきげんよう皆様。いずれまた機会がありましたらお会いしましょう。シルファ様やベルファ様にもよろしくお伝えくださいまし」

おっとりとほほえんだチェキララは、そうしてアルフォンスたちに別れを告げ、サーティーンとともにその場を後にした。

「しかし、よろしかったのですかチェキララ様」

昇降機に乗り込みながら、サーティーンは言う。

「フレーチカ様が呼び出していたと思《おぼ》しき、小さな影の竜。妖精《ようせい》のようにも見えましたが、確かにエイギュイユと名乗っていましたよね？　ブリジェス殿下にご報告を？」

「したところで信じてもらえるわけがございませんわ」

フレーチカがフレデリックの娘であることを知らないチェキララは上品に笑い飛ばす。

「もし仮に、第六王子殿下の侍女であったフレーチカ様に、王族の方々とのそれ以上のご関係があったとしても、ブリジェス殿下から何も聞かされていないのですから、こちらも何も言う必要はございませんわ。情報を秘匿しているなら、これでおあいこですもの」

昇降機から降りる際、チェキララはまったく悪びれずにそう言った。

どうしたものかとサーティーンが頭を悩ませた、そのとき。

「そういえばサーティーンさん。王都への帰路、少し寄り道になりますがクラベス領を通って行きませんこと？」

「え？」

「実は、クラベス領はわたくしのヘッケルフォーン領と隣接しておりますの。実家に顔を出したい伯爵令嬢のわがままで遠回りをすることになったと報告すれば、殿下もご納得されますわ。お土産をたくさん買い込んで、旦那様のもとへお顔を出されてはいかがですの？」

「――はい」

サーティーンはチェキララの気遣いに頭を下げ、告げる。

「一生付いてまいります、チェキララ様」

サーティーンの中で、最も忠義を尽くすべき相手が、ブリジェスからチェキララに変わった瞬間であった。このとき彼女は、まさか自分が、久しく見ぬ間に何故《なぜ》か執事になっていた父親と同じ選択をしていたなどとは、夢にも思っていなかったが。

「わたくしは単に、クラベス男爵家のご次男様のお隣に並ばれたサーティーンさんをじっくり見物したいだけですわ。感謝すべきはわたくしのほうですのよ」

「チェキララ様はご病気です」

互いに軽口を叩きながら、ロビーを通り過ぎようとする二人。

そんな中、チェキララがふと足を止めた。

彼女の目に映っていたのは、街の修繕工事のために広場から一旦《いったん》このホテルのロビーへと場所を移されていた、宝石竜ユーヴェリアの金剛鱗《こんごうりん》であった。

「まさか伝説の悪竜の遺品が、アルフォンス様たちが世界を救う最後の手助けをしてくださるなんて、わたくしも驚きましたわ」

大盾のように飾られた鱗《うろこ》を、チェキララは自らのダイヤモンドのような瞳《ひとみ》の中に映す。

「絶対零度のブレスで人々を氷漬けにしたユーヴェリア。自分の鱗が巡り巡って千年後に人類と世界を救ったと知れば、冥府で宝石竜も激昂《げっこう》していることでしょう」

「あらサーティーンさん。わたくしそうは思いませんことよ?」

感慨深げに語るサーティーンに対し、チェキララは言葉を続ける。

「得てして本当の真実は伝承と正反対だったりしますもの」

――美食竜エイギュイユも、同族たちとの決別を選んだのは人類のためではなく己《おのれ》の食欲を満たすためであり、転生後の食事のために人間の品種改良を目論《もくろ》んだ邪竜《じゃりゅう》であった。

ならば、宝石竜ユーヴェリアはどうか。

「これはわたくしの勝手な妄想なので聞き流してくださって構わないのですけれど、氷漬けのブルーベリーのことを覚えておられます？　案外、他のドラゴンたちに殺される前に人間たちを冷凍保存しておこう、なんて考えたのかもしれませんわ。わたくしたち人間だって、絶滅したモンスターの姿を剝製《はくせい》にして後世に残していたりするでしょう？」

「生きていた頃そのままの姿を保存……まるで昆虫標本ですね」

「きっと宝石竜ユーヴェリアは、人間たちに恋をしていたんですわ。絶滅の危機に瀕《ひん》した人類の美しい姿を永遠に残すために、全てを氷漬けにしようと考えたのかもしれませんわ。なんて、いささか妄想が過ぎましたかしら？」

「はい。やはりチェキララ様はご病気のご様子ですね」

冗談めかして言ったチェキララの言葉を、サーティーンも冗談めかして笑い飛ばす。

そうして二人は金剛鱗の前を去って行く。ダイヤモンドの輝きを放つ鱗の裏側に、千年前の古代文字が刻まれていることも知らずに。

文字を刻んだのは、エイギュイユとともにユーヴェリアを討ったベイン一族の始祖の一人。白銀の勇者と呼ばれた青年が、宝石竜の今際《いまわ》の言葉を後世に残したのだ。

今はもう誰にも読み解けない字で、そこにはこう書かれている。


『――そなたたちは美しい。

そなたたちの愛ゆえに竜は敗れ、愛あるゆえに人の世界は救われたのだ』

宝石竜ユーヴェリアはその実、短命の人間種を愛し、彼らの寿命の短さを嘆き、彼らの紡《つむ》ぐ愛をこの世のあらゆる宝石に勝る最も美しいものとして絶対視していた。そして、愛ゆえの暴虐の果てに全ての人間を美しいまま永久に残そうと企み、人の手によって滅ぼされた。

その事実を知る者は、この世にエイギュイユただ一匹のみ。

だが、持ち前の聡明《そうめい》さと思い込みの激しさで、遥《はる》か歴史の彼方《かなた》の事実を見事に推察してみせた少女ならここにいる。

もしも彼女が生前の宝石竜と出会うことが出来たなら、種族の壁を越え、さぞや気が合ったことだろう。それこそまるで、同じ自分がもう一人いるかのように。

「さあ、王都に戻ったら結婚相談室のお仕事が待っておりますわ。わたくしもまだ知らない、新たなナイスカップリングと必ずや巡り会えるはずですわ！」

チェキララ・ヘッケルフォーンは魂の奥底から湧《わ》き上がる恋愛至上主義の情熱に突き動かされるまま、新たな推しカップルを求め、与えられた天職を満喫するのであった。


「アルフォンス。せっかくのハネムーンですし、たまには夜のお散歩に行きませんか？」

その晩、フレーチカは少し顔を赤らめてアルフォンスを誘った。

「うんいいよ。姉さんたちもすっかり体調が戻ったみたいだし」

先ほどまで姉たちのサウナに付き合わされていたアルフォンスも、すっかりリフレッシュした様子で妻の提案に応じた。

シルファとベルファが今もサウナに入っているうちに、二人してこそこそと出かける支度を済ませ、扉の音を立てないように部屋を後にする。

朝昼とずっと続いていた街の修繕も、陽《ひ》が落ちてからは誰もが作業の手を休めており、ひっきりなしだった騒がしさも薄れ、静かで落ち着いたムードが戻って来ていた。

「ハネムーンも残すところあと一日ですね」

「そうだね」

アルフォンスとフレーチカは言葉少なに夜道をぶらぶらと歩いている。

頭上の星空は眩《まばゆ》く、その星明かりを受ける水晶の街も煌《きら》めいていた。

宝石の石畳はアルフォンスたちが通り過ぎるたびに放つ光の色をゆっくりと変え、幻想的に輝いている。

「フレーチカ、そこの自然公園がデートスポットとして有名らしいんだ。良かったらいっしょに歩きたいと思っていたんだけど……」

「いいですよ。あたりが暗くても、もうだいじょうぶです」

エイギュイユを恐れるフレーチカの心は、今回の事件をきっかけに、ほんの少しながらも和らいでくれたらしい。彼女はもう夜の暗い道を怖がったりはしない。

だから今夜、夜の散歩に夫を誘ったのだ。

宝石の砂利が敷き詰められた道の先、美しい庭園があるとガイドブックに載っていたのだが、そこはシルファがあらかた破壊した一帯だった。

「ここが一番、被害が酷《ひど》かったみたいだね」

「そうですね」

まさか無残な有様の元凶が姉たちにあるとは思いもせず、アルフォンスとフレーチカは他人事のようにのほほんとその場を通り過ぎていく。自然公園の奥の部分はまだ無事で、そこにはデートスポットとして名高い庭園の面影が残ってくれていた。

「本当はもっと早くここに来たかったです」

「おれもそう思うよ」

「あともう一日しかないんですよね」

「長居しようと思えば出来るけど……」

貴族のたしなみとしてカジノで儲《もう》けた所持金は街の修繕費にほとんど寄付してしまったが、まだ数日ロイヤルスイートで宿泊を続けるくらいの余裕はあった。

「いいんです。明日はもっとイチャイチャできればそれで」

「そう？」

「帰ったらもっともっとイチャイチャしましょう」

「望むところだ」

二人は笑い合いながら、腕を組んで寄り添って道を進む。

「そういえば、これ」

そこでアルフォンスは、思い出したかのように、懐《ふところ》から一枚のクリスタルプレートを取り出した。

ハネムーン四日目の朝、広場の露店で大安売りされた勢いで買ってしまった物だ。その後すぐオデットの『百年の恋』の暴走が始まったため、今の今まで忘れていたが。

露店の店主が言うにはなんでも宝石竜の最高傑作という話だったが、魔法の宝石としては水晶海岸の他の特産品と比べても格段に輝きや透明度が落ちるので、アルフォンスは今も眉唾物《まゆつばもの》だと踏んでいる。

プレートを手にして星明かりに照らしてみたものの、劇的な変化は起こらない。

「勢いで買ったはいいけど、やっぱりろくなものじゃなかったのかなぁ」

「いいですよ、アルフォンス。わたしはこれで」

「ええ？　明日ちゃんとしたプレゼント買うから、そっちにしなよ」

「今ここでプレゼントして貰《もら》えるというだけで思い出に残るんです！」

せっかく初めての記念のプレゼントなのだから、厳選に厳選を重ねたいという気持ちのアルフォンスだったが、フレーチカに強く押し切られ、その場でプレートを贈った。

「本当にこれでいいの？」

「しつこいですね。これがいいんです」

上機嫌でフレーチカは貰ったばかりのクリスタルプレートを大きく星空に掲げ、その表面に自分と夫が寄り添う姿を映す。

瞬間。

ほんの一瞬、プレートは小さな魔力光を発した。

「えっ？」

「なんでしょう？」

突然のことに思わず不思議そうに顔を見合わせる二人だったが、すでにプレートの発光現象は収まっており、再度光る気配もない。

が、すぐに二人は気付いた。

覗き込んだクリスタルプレートの表面に、先ほどの自分たちのツーショットが映り込んでいることに。

――この世界に『画を録《と》る』という概念は未《いま》だ存在しない。

だからアルフォンスたちには、どうしてプレートの表面に、自分たちの姿が消えることなく映ったままになっているかが分からない。

だが、肖像画などより遥かに高い精度でアルフォンスとフレーチカの姿を完璧《かんぺき》に写し撮ったクリスタルプレートは、まさに宝石竜の最高傑作と言えるだろう。

宝石竜ユーヴェリアが最も美しいと思った人間の恋人たちの姿を、氷漬けとは別の方法で、永遠にこの世に残すための、それは魔法の『写真』だった。

「素敵！」

フレーチカがはしゃいだ声を上げた。

「ほら、やっぱりこれで良かった！」

彼女は嬉しそうにプレートを見つめ、自慢げにアルフォンスにも見せびらかす。

形として残るものと、思い出として残るもの、その両方の要素を兼ね備えた贈り物を、最愛の夫が最高の夜にプレゼントしてくれたのだから。

新婚貴族、純愛で最強です 2

Shinkon kizoku junai de saikyou desu

あとがき

お久しぶりです。あずみ朔也です。

一巻で早くも添い遂げた新婚貴族のアルフォンスとフレーチカですが、二人の次なるお話はいかがだったでしょうか？

二巻が出せるなら新婚旅行《ハネムーン》を題材にしたいなーと思っておりましたので、実現できて嬉しく思っております。せっかくのハネムーンですが夫婦二人きりとはならず、お姉ちゃんズも続投です。常識的に言えば付いてきて良いはずがないのですが、お姉ちゃんズに常識はないのですんなり同行させられました。

実はプロット時点ではアルフォンスがフレーチカに何をプレゼントするかまったくの未定で、当時のプロットを今確認したところ「プレゼントを渡す」としか書いておらず、未来の自分に丸投げするにも限度があるだろ！　と今さらながら己に憤っております。

執筆当初は「そんなの物語を書き始めてみなければ分からん！」の構えを取り続け、担当編集さんからもロマンチックで素晴らしい贈り物でお願いしますとハードルを爆上げされており、プレゼントに悩むアルフォンス以上に何をプレゼントするか悩んでいたのですが、はてさて、選んだプレゼントは正解だったでしょうか。

ちなみに今回のあとがきはオーイシマサヨシさんの『ギフト』をおとものＢＧＭにして書いています。お隣《となり》の天使様《てんしさま》のゴキゲンなＯＰ曲です。アァオ！　推敲と校正はあとがき執筆現在まだ完了しておりませんが、そちらでも多大な尽力を期待しております。未来の自分がこれから頑張る。これから頑張る！

それでは謝辞へ移りたいと思います。

まずは、いつもお世話になっております担当編集様。前回に引き続き素晴らしいイラストを描いてくださったへいろー様。ＧＡ文庫編集部の皆様やシリーズの出版に関わってくださっている全ての皆様。そしてやはり何より、読者の皆々様。今回も本当にありがとうございます！　ファンレターも頂戴しました。とても嬉しく、励みになります！

そんなところで、また近いうちにお会いできることを願いつつ、今回はこのあたりで筆を置かせていただきます。ここまで目を通していただきありがとうございます！

あずみ朔也

外伝　おとぎ話、もしも話

Shinkon kizoku junai de saikyou desu

水晶海岸での任務を終え、チェキララたちは馬車で王都までの陸路を進んでいた。

「そういえば、今さらながら疑問があるのですか」

そんな中、チェキララと同席しているサーティーンがふと口を開く。

「勉強不足で申し訳ありませんが、ファゴット家の爵位はどうなっているのでしょうか」

「ふふ、サーティーンさんがご存じないのは無理もありませんわ。おそらくブリジェス殿下もファゴット家の皆様を爵位で呼ばれることはしていないと思いますし」

チェキララは苦笑いとともに応える。

「ファゴット家は一応、『公爵家』という扱いになっておりますの」

「は？　えっ……ハア？」

その言葉に、さすがのサーティーンも間の抜けた声をこぼしてしまった。

ファゴット家と言えば、社交界とは無縁のサーティーンですら悪名を知るほどの王国随一の没落貴族。それが爵位最上格の公爵家と言われれば、彼女が混乱するのも無理はない。

「二百年ほど昔、れっきとした王族の方がファゴット領を拝領し、初代ファゴット公爵となられたのですわ。今でこそ田舎扱いされておりますけれど、当時の王国は今ほど国土も広くなく、ファゴット領は敵国と隣接した要所の地であったと学んでおりますわ。——ですが、その地を任された初代公爵は、謎の失踪をしてしまいましたの」

「失踪ですか……?」

「ええ。残されたファゴット領はそのまま敵国に攻め滅ぼされるかと思われたのですが、その危機を凌いだのが初代公爵の愛人であらせられた貴族令嬢、アルジェリーナ様です。公爵と彼女の間にお子はいらっしゃらなかったのですが、アルジェリーナ様は自ら騎士団を率いて敵国の軍勢を討ち果たし、王国の威信を守り抜いたのですわ」

「そういえば子どもの頃、本で赤髪の公爵夫人アルジェリーナの名前を見た記憶があります。おとぎ話かと思っていたのですが……」

「ご記憶どおり、アルジェリーナ様は領主不在のファゴット領を守り抜いた褒賞として、生死不明の初代公爵がいつ帰還してもいいよう領地の存続を当時の国王陛下に求めましたの。この申し出が認められ、ファゴット公爵夫人として領主を続けることを許されたのですわ」

「では今のファゴット家の方々は……」

「代々女性が強いお家柄から察しはつくでしょうけれど、アルジェリーナ様のご子孫ですわ。結局彼女は他の殿方を夫に迎えましたが、ご子息たちに公爵位を世襲する権利はありません。公爵領を統治する貴族でありながら、爵位を名乗れないお立場にあるということですわね」

言うなれば公爵代行といったところか。その後の歴史にて王国の領土は大きく拡がり、ファゴット領は要所でなくなったため王族に返還を求められることもなく、結果として爵位を名乗れずともファゴット家は今も貴族の一門として存続しているのである。

ある意味では、二百年前の時点ですでに没落が始まっていたとも言える。

「……しかし納得しました。失礼ながら、ヘッケルフォーン伯爵家のご令嬢がファゴット家の方と婚約されていたなんて、家の格に違いがあり過ぎると思っていたのです」

「伯爵家はお兄様が継がれますので、わたくしはそこまで偉くありませんわ。アルフォンス様と釣り合いは取れていましたわよ。シルファ様とベルファ様のやんちゃが過ぎてファゴット家の悪名が広まるようなこともなければ、父も婚約破棄を命じなかったと思いますわ」

サーティーンに対し、チェキララは苦笑いを強めながらそう言った。

「もしもの話でしかありませんけれど、第六王子殿下とベルファ様の間にご子息が生まれてさえいれば、ファゴット家は公爵家として再興していたかもしれませんわね」

公爵不在のまま宙ぶらりんの状態になってしまっているファゴット公爵領を、王族の血筋を引く者の手で統治させることが出来れば、公爵家として復帰することも夢ではない。

むしろその実現を王家に期待され、第六王子とベルファの婚姻が許された可能性が高い。と、チェキララはそう推察していた。

「……ときにチェキララ様。もしもの話のついでなのですが、ファゴット家に嫁がれたフレーチカ様に王族の方々とのかかわりがあるのでは……という話をしていましたよね？」

もともとサーティーンが王太子ブリジェスから命じられていた任務は二つ。

ベルファを狙う刺客の排除と、フレーチカの命を最優先で守ること。

フレーチカとフレデリックの関係を教えられていないサーティーンでも、ブリジェスがわざわざ名指しでフレーチカの警護を命じたことに、王族絡みの思惑は感じ取っていた。そのうえ、水晶海岸でフレーチカの傍らにいたエイギュイユを名乗る竜の影のこともある。

「仮に……仮にですよ？　仮の話ですからね？　フレーチカ様が王族のどなたかの隠し子で、王家の血を引いていた場合、彼女とアルフォンス様との間にドラゴンブラッドを宿したご子息ご息女が生まれることになれば――」

「ファゴット公爵家が復活しますわね」

声を潜めて疑問を口にしたサーティーンに対し、チェキララは不敵にほほえむ。

「それどころか王位継承権が与えられますわ。名実ともに王族公爵の嫡子となるわけですもの。未来ではお二人のご子息がこの国の王になっている可能性もあり得ますわね。もちろん、その場合は王国史上最大のお家騒動が起きることになるでしょうけれど」

最推しベストカップリングのこれからに想いを馳せ、王国全土を巻き込むほどの前途多難な未来を予見しながらも、チェキララはその瞳をキラキラと輝かせていた。

ファンレター、作品の
ご感想をお待ちしています

〈あて先〉

〒106－0032
東京都港区六本木2－4－5
SB クリエイティブ（株）
GA文庫編集部 気付

「あずみ朔也先生」係
「へいろー先生」係

本書に関するご意見・ご感想は
右の QR コードよりお寄せください。

※アクセスの際や登録時に発生する通信費等はご負担ください。

https://ga.sbcr.jp/

新婚貴族、純愛で最強です 2

発　行　　2023年5月31日　初版第一刷発行

著　者　　あずみ朔也
発行人　　小川　淳

発行所　　SBクリエイティブ株式会社
〒106－0032
東京都港区六本木2－4－5
電話　03－5549－1201
03－5549－1167（編集）

装　丁　　AFTERGLOW

印刷・製本　中央精版印刷株式会社

ISBN978-4-8156-1869-8

Printed in Japan　　GA文庫